Carl Hauptmann

Marianne

Schauspiel in drei Akten

Carl Hauptmann

Marianne

Schauspiel in drei Akten

ISBN/EAN: 9783743644205

Hergestellt in Europa, USA, Kanada, Australien, Japan

Cover: Foto ©Andreas Hilbeck / pixelio.de

Weitere Bücher finden Sie auf **www.hansebooks.com**

CARL HAUPTMANN

Marianne

Schauspiel in drei Akten

Berlin
S. Fischer, Verlag
1894

Meiner Freundin

Frau Josepha Kodis-Krzyżanowska!

„So ziehen wir ja alle aus auf Abenteuer nach dem Wunder. Das ist ja wirklich auch das Einzige im Leben, was noch glücklich macht."

Schreiberhau, im Sommer 1893.

Personen.

Frau Rosa, Rittergutsherrin, verwittwet.
Marianne, deren angenommene Tochter, Pastorsfrau.
Der Pastor, Mariannen's Mann.
Onkel Heinrich, Rosa's Bruder, Verwalter ihrer Güter gewes. Oberförster.
Fritz, Rosa und Heinrich's Neffe, Maler.
Frau Kantor, die Frau des Ortslehrer's.
Anna, Jungfer.
Olbrich, alter Kutscher.

Die Geschichte spielt auf einem Gute der Frau Rosa.

Erster Akt.

Arbeitszimmer der Frau Rosa. In der linken Wand des Zimmers eine offene, nur durch Portièren verhangene Thür. In der rechten eine geschlossene Thür. Die Ausstattung vornehm à la Biedermeier. Mitten ein großer, runder Tisch mit allerlei Schreibutensilien und Papieren, auch einem aufgestellten Pastell von Rosa's verstorbenem Sohne. Darüber ein zierlicher, alterthümlicher Glaskronleuchter mit Lichten. Polsterstühle und Sessel ringsum im Zimmer. Zur linken vor dem Fenster ein Flügel mit aufgeschlagenem, leerem Notenhalter. Rechts an der Wand ein bequemes Sopha und eine hochbeinige Kommode mit Standuhr. Der Fußboden mit echten Teppichen belegt. Mattfarbige, goldburchwirkte Tapete. Einige alte, schwarzgerahmte Ahnenbilder an den Wänden. In der Tiefenwand das Fenster links und die breite Thür rechts, beides nach der geräumigen Terrasse und Freitreppe weit geöffnet. Auf der Terrasse stehen ganz in der Nähe der Thür Eßtisch und Stühle. Laubumsponnene, jederseits zur Treppe ziehende, niedrige Terrassengeländer. Im Hintergrunde der Park. Man sieht auf zwei von einem Vorplatz vor der Treppe ausgehende Park= wege, von denen sich der eine zur Rechten bald, der andere graveaus in der Tiefe verliert. An dem von den Wegen gebildeten Winkel ist an der Spitze eines hohen Boskets ein Gartenplatz mit Tisch und Stühlen sicht= bar. Zur Linken sieht man über einen von einer schattigen Allee begrenzten, weiten Rasenplatz. Es ist um die Feierabendstunde eines schönen Hoch= sommertages. Auf der Terasse gießt ein Gärtnerbursche Topfgewächse.

Frau Rosa,

eine mittelgroße, schmächtige Frau von etwa fünfzig Jahren; gewählt in Schwarz gekleidet. Ein ruhiges, mildes Gesicht mit blaugrauen Augen. Ihr braunes Haar theilweise ergraut. Ihr Gang etwas ungraziös und hastig. Ihr Organ wohlklingend und entschlossen, in Augenblicken innerer Erregung nimmt es einen Ton von Weihe an. Es liegt über ihrem ganzen Wesen wie Güte und Trauer und etwas von einer Kraft, die auch im tiefsten Leide nicht bricht. Frau Rosa sitzt am Flügel und spielt und singt:

„Harre meine Seele! Harre des Herrn! . . ."

Marianne,

eine zarte, mädchenhafte Erscheinung von ungefähr neunzehn Jahren, leicht und schmiegsam; mit eigenartigem Geschmack hell gekleidet. Ihr lieblich ovales, rosiges Gesicht mit großem, dunklem, ruhig träumerischem Blick. Nase, Mund und Kinn von sanften, schönen Verhältnissen. Schlicht und voll über die Schläfen gescheiteltes, rothes Haar, die Zöpfe in einen Knoten gelegt. Ihr Organ ist weich tönend und rein, und sie besitzt ein feines, klingendes Lachen. Duftigste Anmuth und geistreiche Lebendigkeit und Schalkhaftigkeit ist ihr Wesen. Dann und wann auch erscheint sie plötzlich versonnen und schüchtern, und es breitet sich ein leiser Hauch von Schwermuth über sie aus. Marianne tritt von links fast geräuschlos durch die Vorhänge, bleibt stehen und lauscht.

Frau Rosa,
die sich dadurch im Gesang nicht stören läßt:

„Alles ihm befehle! Hilft er doch so gern."

Sie unterbricht mitten die Akkorde der Begleitung:

Nun Kind? Willst Du etwas?

Marianne nähert sich der Mutter:

Du sollst Dich nicht stören lassen, Mutter! Du sollst weiter singen! Es hat gar keine Eile.

Frau Rosa
schlägt die Begleitungsakkorde des Chorals von neuem an, setzt aber plötzlich wieder aus:

Was ich noch sagen wollte! — Anna wird doch nicht vergessen, den Ausziehtisch für Fritz in's Mittelzimmer zu stellen? — Nun Kind? — und weshalb kamst Du eigentlich?

Marianne:

Deshalb gerade auch, Mutter! — Fändest Du es nicht schön, wenn wir Fritz eine Guirlande um die Thür hingen und alles ein bischen festlich machten? Es ist doch ein Künstler, der in unser Haus kommt.

Frau Rosa:

Meinetwegen, Kind! Da wäre es aber auch die höchste

Zeit! — Der Gärtner mag nur die Zimmer ein wenig schmücken!

Marianne,
indem sie plötzlich Frau Rosa kindlich koſt:

Nein, Du, Mutter! Der Gärtner ſoll's nicht! ich will es lieber ſelber thun. — Ich bin ja ſo vergnügt, wenn ich für jemand Kränze winden darf.

Frau Rosa, *mit leichtem Unwillen:*

Ach Gott, Kind? Wenn nur Dein Mann nichts darin findet. — Du weißt ja doch, Marianne, Emil mag doch nun einmal dieſe Tändeleien nicht.

Marianne, *kindlich vorwurfsvoll:*

Wenn auch, Mutter! — Wenn nun Walter käme! — Es iſt mir wirklich beinah ſo, als ob Walter käme.

Frau Rosa,
plötzlich ernſt und in ſich verſunken, mit einem Seufzer:

Ach! — ach! — Was hab ich für Kummer ertragen — ſtill für mich — die langen Jahre! und bin nicht müde geworden im Leide nach ihm. „Aber ſeine Seele gefiel Gott. Darum eilte er mit ihm aus dem böſen Leben."

Marianne
tritt an Frau Rosa heran und legt ihr liebevoll den Arm um den Nacken. Eindringlich:

Mutter!

Frau Rosa, *gefaßter:*

So wollen wir nur Fritz alles feſtlich herrichten. Fritz war ihm ja ſo ähnlich.

Marianne, *heiter:*

Siehſt Du, Mutter! Alles Liebe und Gute haſt Du um Walter gewoben; und — Du ſagteſt doch immer ſie wären einander ſo ähnlich geweſen!

Frau Kantor,

eine rundliche, derbe Person von bäuerlichen Gesichtszügen in der Mitte der Dreißiger, kleinbürgerlich gekleidet, mit einem leichten Umhang, grauem Strohhut und Halbhandschuhen. Ihr Benehmen ist halb geradezu, halb ehrerbietig und ergeben. Frau Kantor wird in diesem Augenblick auf dem rechten Gartenwege sichtbar.

Marianne:

Um Alles! Da kommt Frau Kantor! Da will ich nur gleich dem Gärtner sagen, daß er mir rasch noch Blumen schneidet.

Frau Kantor,
noch draußen auf der Terrasse:

Schön' guten Abend, gnädige Frau. Ich wollte gar nicht stören —

Marianne,
im Begriff links durch die Vorhänge zu verschwinden, schaut noch einmal zurück:

Guten Abend, guten Abend, Frau Kantor. Ich komme dann noch'n Weilchen.

Frau Kantor,
indem sie in's Zimmer tritt:

Schön! schön! Frau Marianne. — Schön guten Abend, gnädige Frau. Ich möchte aber garnicht stören.

Frau Rosa,
die ihr vom Flügel aus entgegen gegangen ist:

Guten Abend, Frau Kantor. Das ist lieb, daß Sie kommen! (Sie reichen einander die Hände).

Frau Kantor:

Nur auf ein Sprüngelchen zum Feierabend! Ich wollte mich nur verabschieden. — Morgen soll's ja endlich fortgehen. — Ich habe aber doch gewiß gestört, gnädige Frau. Das thäte mir wirklich leid.

Frau Rosa,
indem sie Frau Kantor neben sich auf das Sopha niederzieht:

Ich bitte Sie, Frau Kantor! — Da sehen Sie! so ist sie nun! Sie begrüßt Sie kaum — blos weil ihr grade der Gärtner im Kopfe steckt. — Es ist ein unbegreifliches Kind! — Man hat seine Noth! — Also fort wollen Sie, liebe Frau Kantor! — Ins Gebirge! — das schöne Gebirge!

Frau Kantor:

Ich wollte doch wenigstens das junge Frauchen noch begrüßen. — Es gab wirklich zu viel zu thun — die letzte Zeit! — Schon jeden Tag wollt' ich kommen. Wie gefällt's denn den jungen Herrschaften wieder auf dem Lande — das erste Mal? — In der Stadt haben sie's doch gewiß recht schön? Sie leben wohl recht glücklich?

Frau Rosa,
gutmüthig und zutraulich:

Ach Gott, ja! — Mit Gesellschaften durfte man ihr ja nie kommen! — da ist sie auch so scheu manchmal. — Ja nun! Man muß doch aber auch ein bischen Rücksicht nehmen auf andere. Man kann doch nicht immer nur thun, was einem grade gefällt.

Frau Kantor *lacht:*

Wo würde da nur unsereins hinkommen! — na da! — Und der Herr Pastor war schon als Kandidat so sehr rücksichtsvoll. — Er ist überhaupt ein zu kluger, artiger Mann.

Frau Rosa:

Nein, nein! da ist auch garnichts zu machen.

Frau Kantor, *belustigt:*

Und mit ihren drolligen Ansichten hält sie doch auch

nicht hinter'm Berge — frank und frei! — Das that sie doch nie sonst.

Frau Rosa:
Sie wissen es ja! — Nun denken Sie nur! — Da erzählt sie in einer Damengesellschaft — Frauen von Emil's Amtsbrüdern und so — sie hätte oft Rache empfunden. Wenn ihre Gouvernante sie schlecht behandelt hätte, dann hätte sie ihr ein Grab gegraben — eine kleine Grube irgendwo im Park, mitten im Wege — ein paar Haare von ihr hinein oder so etwas — und wenn dann das Fräulein d'rüber gegangen wäre, hätte sie das größte Behagen verspürt: nun geht die über ihr eigen' Grab.

Frau Kantor, sehr belustigt:
Nein, solche Sachen! — Ja, ja — das kenn' ich. — Man kann sich manchmal halb tot lachen über sie. —

Frau Rosa:
O Gott! ich bin oft erschrocken über das Kind! — Aber nun müssen Sie etwas trinken, Frau Kantor! Es ist recht schwül. (Sie klingelt).

Frau Kantor,
mit einer abwehrenden Geberde:
Ach bitte, gnädige Frau! Lassen Sie doch!

Anna tritt von rechts herein.

Frau Rosa:
Anna, bringen Sie Himbeersaft und Wasser.

Anna:
Sogleich, gnädige Frau. (Ab nach rechts).

Frau Rosa:
Also fort wollen Sie, liebe Frau Kantor! — und wollen uns ganz allein lassen — hier? — Ich freu mich recht für Sie und Ihren Mann.

Frau Kantor:
Morgen früh wird er sich noch erlauben, Abschied zu nehmen. — Er muß ja auch noch zu Pastor's.

Anna bringt das Bestellte.

Frau Kantor,
indem sie auf den Himbeersaft weist:
Schon frischer?

Frau Rosa
macht ein Glas Himbeerwasser zurecht:
Ja wohl! — Nun — bitte schön, Frau Kantor.

Frau Kantor trinkt:
Sehr schön! — Sehr schön! — Uebrigens Frau Pastor ist sehr böse auf Frau Marianne, weil sie noch garnicht bei ihr war.

Frau Rosa:
Sie glauben nicht, wie oft ich sie schon daran erinnert habe.

Frau Kantor,
mit einem verständnißinnigen Blick:
Na! Na!

Frau Rosa:
Ja, aber — malen! — schreiben! — oder da ist sie in die alten Kupferstiche versunken! oder sie steckt mit Onkel im Warmhaus und beobachtet Keimlinge! — Und dann der See! und ihre Pferde! und die Susi! — „Laßt mich nur erst eine Weile bei meiner Susi! — Später thu' ich auch noch das weniger angenehme. Nur nicht zwingen! —" Sie sagt das so lieb!

Frau Kantor, lebhaft:
Man kann's ihr nicht verdenken! Es ist eine zu seltsame Frau — die Pastor'n. — Sie hält sich doch

auch über alles auf! — Sie stichelt zu gern ein Bischen.
— Es ist ja wirklich eine gute Frau. Sie kann ja nichts
dafür. Sie hat eben ihre Ansichten! — Na — jetzt hat
sie wieder etwas mit dem Baden im See. Die jungen
Lehrer haben gestern Frau Marianne und Susi gesehen
im See — als sie spät Abends von der Versammlung
heimgingen.

Frau Rosa:

Ach Gott! — nun ja! — was ist dabei? — Die
gute Frau Pastor! Was sie nur redet!

Frau Kantor:

Nun — nicht war, gnädige Frau? Das sag ich
auch. Es ist doch ein so gutes Kind! — Sie sieht doch
auch zu reizend aus — noch ganz wie als Mädchen:
Ihre großen, braunen Augen! und ihr prachtvolles,
rothes Haar! — und diese Gaben überhaupt! — Ja!
— nun — da hör' ich ja auch, ihr Neffe Fritz kommt
heut?

Frau Rosa

holt ein Album vom Tisch und schlägt es auf:

Können Sie sich doch noch auf ihn besinnen? Es
ist lange her, daß er hier war.

Marianne

tritt über die Terrasse ein. Lebhaft:

Nun, — da bin ich wieder!

Frau Rosa, vorwurfsvoll:

Du läßt uns recht lange warten, Kind! Frau
Kantor kam auch zu Dir.

Marianne:

Nun 'mal ehrlich, Frau Kantor! Sie reden doch
viel lieber mit Mutter. — Sie sind mir nicht böse.

Sie reicht Frau Kantor die Hand.

Frau Kantor:
Ach nein, Frau Marianne! Böse! — Woher? Ich wollte mich aber doch wenigstens nach dem jungen Frauchen erkundigen. (Sie ist eine Weile aufgestanden, setzt sich aber bald wieder).

Marianne,
die sich ebenfalls in demselben Augenblick auf einem Sessel neben dem Sopha niedergelassen:
Ich bin zufrieden, wenn ich hier bin. Und in der Stadt bin ich einsam und unglücklich.

Frau Rosa:
Kind, das ist Deine Uebertreibung!

Frau Kantor:
Es giebt doch dort soviel Abwechslung! Ich denke mir das herrlich.

Marianne:
Das nennen Sie herrlich! — O nein! — Die Gesellschaften, wo man aushalten muß und — keine eigene Meinung haben darf — und wo man über alles abspricht — und von nichts, 'was Rechtes versteht — weil man sich in nichts vertieft — und wo man immer nur vom Elend erzählt — O gehen Sie! — Aber hier! — Hier bin ich wieder gesund! Hier vergeß' ich die Schmerzen! — Hier ist's ja wie früher! — Hier bin ich wieder ein Bischen frei! — Ein paar Menschen haben mich doch auch gern hier — (schalthaft): da meine ich nämlich hauptsächlich die Frau Pastor!

Frau Rosa, unwillig:
Aber Marianne! Siehst Du! Wie Du nur so sprechen kannst!

Marianne:
Sei nicht böse, Mütterlein!

Frau Kantor:
Sie haben aber doch einen so guten Umgang in der Stadt. Die Frau Superintendent ist doch eine solche liebenswürdige und gebildete Dame.

Marianne:
Ja -- das mag wohl sein!

Frau Rosa:
Sie war auch so gut zu Dir, als Du einzogst.

Marianne:
Aber gern hat sie mich doch nicht. Du sollst nur hören, wie sie mir predigt, wenn sie bei mir ist.

Frau Rosa, leicht erregt:
Nein, Kind! Das ist wirklich recht ungezogen! — Da hören Sie Frau Kantor! Was soll man da sagen?

Frau Kantor,
mit freundlichem Lächeln:
Nun, das meint wohl Frau Marianne nicht so schlimm

Die Standuhr schlägt sieben.

Ach Gott! — Sieben! — Ich verplaudere mich! — Da muß ich mich ja gleich fortmachen. (Sie erhebt sich).

Frau Rosa:
Sie wollen schon gehen?

Sie erhebt sich ebenfalls. Desgleichen auch Marianne.

Marianne
reicht Frau Kantor die Hand:
Leben Sie wohl Frau Kantor.

Frau Kantor:
Ich finde Sie doch noch hier, wenn wir wiederkommen?

Marianne,
mit fragender Geberde:
Vom Gebirge? — Wenn mich Mutter nicht bis dahin hinauswirft! (indem sie auf die Mutter blickt): Da sehen Sie, was Mutter schon für ein böses Gesicht macht! Ach,

Mütterlein, nein! es ist ja nur Spaß! — Grüßen Sie mir nur die schönen Berge! und alle die schönen Pastöre in Ihrem Curhaus!

Frau Kantor, *indem sie ihr droht:*
Sie Ausgelassene! — Das will ich wohl thun. Abieu, Frau Marianne!

Sie tritt mit Frau Rosa auf die Terrasse.

Frau Rosa:
Bald Trauer — bald Muthwille! — Grüßen Sie mir Ihren Mann — und die Kinderchen. *(Sie drücken sich die Hände).* Und recht glückliche Reise!

Frau Kantor:
Abieu, gnädige Frau. Danke schön! Danke schönstens! *(indem sie sich auf den Stufen noch einmal umkehrt):* Herrn Bruder gehts doch gut?

Frau Rosa:
Gut! Gut! Er ist eben noch draußen beim Weizen.

Frau Kantor:
Schöne Empfehlung noch an Herrn Oberförster. *(ab).*

Marianne
hat sich wieder in einen Sessel niedergelassen und blättert in dem liegengebliebenen Album:
Ihr habt Euch wohl Fritzen's Bilder angesehen?

Frau Rosa *tritt in's Zimmer zurück!*

Marianne:
Ich weiß mich garnicht mehr zu besinnen auf Fritz! — Wie mag so ein Künstler wohl aussehen? möchte ich nur wissen.

Frau Rosa
sucht einen Augenblick auf dem Tisch und setzt sich dann in ihren Arbeitsstuhl:
Gott! Das sind ja auch viele Jahre her! — Das letzte Mal, als er hier war — wie viel Jahre mag das wohl her sein? Da war er ja fast noch ein Knabe! — Ach ja — Walter war damals schon vier — fünf Jahre von uns gegangen.

Marianne macht sich mit Papieren auf dem Tisch zu thun:
Ich war noch ein ganz kleines, dummes Kind!
Frau Rosa:
Fritz war eigentlich immer in der Fremde. Seine Eltern haben ihn auch kaum gesehen — die ganze Zeit! — Ja — du lieber Gott! Du warst damals höchstens sieben Jahre alt! — Kind, krame mir nicht in den Sachen da! Du machst mir nur Unordnung!

Marianne
lehnt sich bequem in den Sessel zurück:
Er nannte mich immer sein Zigeunerbäschen. — Er neckte mich immer. — Eigentlich kann ich mich doch gut auf ihn besinnen. — Wenn er nur so ist! — Weißt Du noch, Mutter, wie ich immer abergläubisch war! — Von unserem Schwan auf dem See dacht' ich immer: es wäre Walter — so ein verzauberter Prinz. Da neckte mich Fritz: er würde ihn erschießen. Und wenn ich weinte, konnte er sich halb tot lachen. — Damals mocht' ich ihn gar nicht leiden, weil er dabei so lachen konnte. — Er wußte eben nicht, wie schön das war — so etwas zu glauben.
Frau Rosa:
Du weißt doch, Marianne, wie Dein Mann darüber schilt! — Da darfst Du gar nicht anfangen damit.
Marianne, mit schmollendem Ton:
Mutter! Wer das nicht wüßte! Was bliebe denn dann noch vom Leben? Gute Mahlzeiten und Pflichtthun höchstens! — Jeder Mensch ist doch eigentlich ein Bischen verzaubert obendrein. Der sieht nicht wahr, der das nicht sieht.
Frau Rosa:
Kind, Kind! Immer diese Phantastereien! Die Grundlage im Leben ist doch, daß man einen geordneten, frommen Lebenswandel führt. — Du bist gar nicht einzufangen,

Marianne! — Emil klagt auch recht, daß Du garnicht gut wirthschaftest.

Marianne
springt auf und geht an den Flügel, wo sie sich — Rosa zugewandt — auf ihre Ellenbogen aufstützt und mit ihren Fingern an den Schläfen tändelt, halb verlegen, halb neckisch:

Mütterlein! Aber das wußtest Du doch! — Ich kann doch nicht wirthschaften. — Ich bin doch nun einmal — auf Reisen — ein Bischen — immer in Gedanken. Ich hab' immer etwas, was mich hinauszieht. Ich bin ein schlechter Musikant überhaupt. — Erdrück' es und erstick' es! (traurig).

Frau Rosa:
Ach Gott, Kind! — Nun — wer will nur das!?

Marianne, kindlich lebhaft:
Na, na, Mama! — Etwas zornig warst Du doch auch oft darüber! Ich weiß noch ganz gut. Du mochtest es auch nicht leiden, wenn Susi und ich mit unsern Erlebnissen kamen und behaupteten, wir wüßten ganz genau: das wäre ein verzauberter Schwan und er hätte mit uns allerhand gesprochen. — Du weißt ja, wie er so leise vor sich hinquiekt — am Abend — wenn er um seinen Futterkasten streicht. — Mit so etwas durften wir Dir auch nicht kommen. — Da warst Du so böse manchmal — (lebhaft auffahrend) und doch mußte ich Dich immer so grenzenlos lieb haben, Mütterlein.

Frau Rosa:
Ja, Kind! — Wenn ich das noch wüßte! Ich wäre zornig gewesen darüber. — Ach — das bildest Du Dir wohl blos ein! — Man muß doch aber auch ein bischen ernster sein können — und nicht immer nur an solche Sachen denken. — (seufzend) Ja Gott! wenn ich meine Arbeiten nicht hätte! — Siehst Du, da muß ich auch

noch an den Fleischer schreiben — und an den Maurermeister — ja — das ist wirklich höchst wichtig — das muß heut Abend noch mit fort — und ich will auch noch die Stoffe kommen lassen für Dich. — Sag mal! (Sie nimmt ein Couvert mit Proben, sucht einige aus, die sie befühlt, dann über ihrer Hand gegen das Licht hält und mustert): Welcher gefällt Dir nun eigentlich?

Olbrich tritt von rechts herein:
Wann meinen, Madame, daß man einschirren möchte?

Frau Rosa:
Ja — Olbrich — daß nur der Wagen zeitig genug am Bahnhofe ist!

Olbrich:
Um achte 'rum däcd' ich mir immer, könnt' man schon losfahren.

Marianne, ausgelassen:
Gut' Schuster! Ein dreiviertelstunden. Ihr wollt nur wieder ein Nickerchen machen unterwegs — wie neulich. — Laßt nur die Pferde ordentlich laufen. Das macht ihnen auch Spaß. — Na — Olbrich — da sollt Ihr uns einmal sehen — Onkel und mich!

Frau Rosa, etwas ungehalten:
Nein, nein, Marianne! Nur ja ganz pünktlich! Lieber eine Weile zu früh! — Fahrt Ihr nur, wie Ihr denkt, Olbrich.

Olbrich, mürrisch losfahrend:
I du meine Güte! Ueberstürzen könn'n wir uns so wie so nicht, Madame — überhaupt wo die Kutschpferde jetzt und — und müssen den ganzen Tag im Ackerzeuge gehn!

Frau Rosa:
Nun eben! Also um acht Uhr, hört Ihr, Olbrich. — Uebrigens — mit fährt Niemand.

Olbrich ab nach rechts.

Marianne
nimmt eine maigrüne Probe vom Tisch, die sie betrachtet:
Olbrich wird doch den Fritz wiedererkennen?

Frau Rosa

erhebt sich aus ihrem Sessel und tritt zu Marianne:

Nun — das versteht sich. (Sie blickt nach der Probe in Mariannens Hand). Etwas auffallend, finde ich.

Marianne:

Der kleidet mich sicherlich gut. Onkel sagt's auch.

Frau Rosa

prüft einen andern Stoff:

Was meinst Du zu dem?

Marianne, ein wenig gelangweilt:

Ach Mutter, nimm doch den grünen! — (Lustig) Ich bin ja noch jung — und hübsch — meinst Du nicht? (indem sie sich Frau Rosa nähert und sie kost und streichelt): Schreib' nur danach! — Ich bin doch immer noch zum Ansehen!

Frau Rosa,

indem sie Marianne sanft abwehrt:

Marianne! — so heftig! Du weißt doch, das sollst Du nicht! (Marianne wird plötzlich ernst und läßt sich versonnen in einen Sessel nieder). Du bist wirklich ein recht eitles Kind! (halb scherzend, einlenkend): Das will nun eine Frau Pastor sein!

Marianne:

Das nennt Ihr nun eitel! Das ärgert Euch!

Frau Rosa:

Wer denn? Ihr?

Marianne:

Emil wenigstens! — Findest Du nicht selbst, daß er mich schon ganz anders gemacht hat in den paar Monaten!? — Ja — vorher — da schien er mir doch auch noch eine Sehnsucht im Herzen zu tragen! Er sah noch freudiger — mich und alles, was um ihn war. — Damals wollte er mich noch so haben, wie ich bin. — Jetzt ist ihm das schon langweilig geworden. — Jetzt kann er auch garnicht mehr so unbändig lachen, wenn einer nicht gleich immer ist, wie er grade denkt. — Früher sagte er immer: Nein, nein — wenn ich manchmal traurig war, daß ich doch garnicht gut wirthschaften kann — nein, nein, — Du darfst Dich garnicht anders machen — ja nicht! — So wie Du bist, hab' ich Dich lieb! — Und heute! Du sollst es nur hören, wenn wir daheim sind! Da klingt's immerfort im Hause: So mußt Du's machen! — und das mußt Du thun! — und das könnte so scheinen! und das sollst Du nicht thun! Ich bin ja so froh, Mama, daß wir wieder ein paar Wochen bei Dir sein können! — Er wußte es ja — Emil mußte es ja wissen —

Frau Rosa:

Daß Du ein gar stürmisches Herzblut hast! Das macht mir Kummer, Marianne. Du bist unverständig. — Du denkst immer, es muß noch alles gehen, wie früher — so frank und frei! — Du bist doch kein Kind mehr! Und Emil ist doch ein so guter, kluger Mann, der Dich auch so sehr lieb hat! —

Marianne:

Lieb haben, Mutter! — Das macht's doch nicht allein! — Ich bin doch nun einmal — ein träumerisches Herz! — Du hast mich zu Dir genommen und — mich gescholten — Aber ich bleibe doch einmal ein schlechter Musikant; — so ein Taugenichts! — so ein Strolch! — Ich bin nichts! Ich kann nichts! Ich mag auch nicht gern kochen und backen und nur noch so nebenher ein bunter Tand im Hause sein; — (übermüthig) Ich will fliegen — ein Bischen über mich. (heftig) Ich möchte nicht bleiben, was ich bin. Ich möchte weiterkommen — und mich so ein wenig entfalten, weißt Du! (schüchtern) Oder geht das am Ende nicht, weil Ihr es doch garnicht wollt?

(befreit und freudig): Ich glaub' an Träume, Mutter. — Das macht so glücklich. Emil will mir's immer nehmen — dieses Vergnügen.

Frau Rosa:
Aber ich bitte Dich! — Das ist nicht recht, Marianne daß Du die gesunde Lebensführung verachtest. — Dagegen hat ja Niemand etwas. — Aber man darf auch nicht immer nur an sich denken. Siehst Du, ich habe auch nicht an mich denken können.

Marianne:
Du hast es nicht können? — Du hast es nicht gethan. — Weißt Du noch, was Du sagtest, wie gestern der Doktor hier war — und er Dir von der Lohengrinaufführung erzählte — und konnte gar keine Worte finden vor Entzücken. „Ja, wie ich jung war — da hätte mich so ein Eindruck auch ganz hingenommen. Ich habe mich ja auch einmal gesehnt, eine Künstlerin zu sein."

Frau Rosa, sinnend:
Sagte ich das? — Ja — aber dann kam Walter, der mir Alles wiedergab, was ich verloren glaubte, und worum ich geweint hatte.

Marianne:
Du hast damals auch geweint!

Frau Rosa:
Ja natürlich! Das Leben erfüllt nie, was die Jugendträume verheißen. — Man darf den Träumen nicht glauben! — Dann kam Walter. — Und heute — Marianne — hab' ich nur noch einen einzigen Gedanken, daß ich Walter wiederfinde.

Marianne:
Ja — Mütterlein, da träumst Du doch auch! — Wenn es auch kein Jugendtraum ist! — Und du glaubst

daran. — Du sagst selbst, daß es Dich allein hält. — Ach Gott! Susi wartet ja am See. — Nicht wahr, Mutter! Emil soll mir meine Träume auch nicht stören, vielleicht geht doch noch einer in Erfüllung! Ich muß laufen, Mutter!

Frau Rosa,
sehr mild und einbringlich:
Das will doch auch Dein Emil nicht!

Marianne, kindlich entschlossen:
Weil es ein armes Dorfmädchen ist! — Weil ich Frau Pastorin bin und gar eine Professorin werden könnte! — So? Nun! das ist mir schön! — Du hast doch nichts dagegen! Du hast doch sonst nichts dagegen gehabt.

Frau Rosa nicht:
Nun — ja! Das ist ja wahr.

Marianne:
Nicht, Mütterlein? — So will ich auch ruhig gehen, wie ich immer ging, als ich noch Mädchen war. — Unten im See ist's zu schön! Es ist so kühl und erfrischend im Wasser! — so frei! — Wir können gut noch baden vor Tisch.

Onkel Heinrich,
ein Mann von hoher, kräftiger Gestalt in der Mitte der Fünfziger. Er trägt kurz geschorenes Kopfhaar. Ein dunkler, leicht ergrauter Vollbart umrahmt ein wettergebräuntes, bedeutendes Gesicht mit braunen, jugendlich lebhaften Augen, vollen dunklen Brauen und hoher, freier Stirn. Er ist von starkem, heiterem Temperament und besitzt ein kräftiges Organ. Er trägt Försterkleidung. Onkel Heinrich tritt von links ein:
Nun, Kinder! Sind die Zeitungen gekommen?

Frau Rosa
sucht auf dem Tische:
Ja wohl, hier! — Marianne mit dem Baden! Ihr müßt Euch mehr in Acht nehmen! Das giebt ein Gerede. Die Lehrer haben Euch gesehen — gestern — bei Nacht. — Von der Hecke am Wege kann man ja doch den ganzen See überblicken. Dort kann man auch zu leicht hören, was gesprochen wird. — Ihr werdet noch in übles Gerede kommen.

Marianne:
Ach, Mutter!

Onkel Heinrich
hat sich auf einen Stuhl niedergelassen und liest Zeitung:
Was soll man denn da reden?

Marianne:
Man wird uns doch nicht etwa für Nixen halten!

Onkel Heinrich *lebhaft:*
Wer wird nur da reden? Laßt sie doch reden!

Marianne
legt zutraulich ihre Hand auf seine Schulter:
Nicht wahr, Onkel?

Onkel Heinrich,
wieder in's Lesen vertieft:
Ja freilich, Kind!

Frau Rosa
setzt sich, ohne weiter zu hören, an ihren Arbeitstisch und beginnt einen Brief zu schreiben.

Marianne,
an der Terrassenthür:
Da geh' ich jetzt! (Ab über die Terrasse. Man sieht sie noch eine Weile auf dem Wege gradeaus in den Park hineingehen, dann im Grunde verschwinden).

Frau Rosa ruft ihr nach:

Komm' nicht zum Essen zu spät! Du weißt, Emil hat es nicht gern!

Onkel Heinrich
blickt nach einer Weile während des Lesens auf:

Wir wollen nur die Kinder ja nicht irre führen — mit solchen Sachen!

Frau Rosa
während des Schreibens langsam und bedächtig redend:

Frau Pastor hat drüber gesprochen.

Onkel Heinrich:

Ueber was spricht die nicht alles. Die thun nichts übles — die Kinder!

Frau Rosa:

Du hast vielleicht recht. (Sie schreibt wieder einige Augenblicke). Aber Emil will's auch nicht. Für eine Pastorsfrau ziemt es sich doch wohl nicht recht. Und ihn ärgert auch der Umgang. (Sie schreibt).

Onkel Heinrich
schiebt die Zeitung bei Seite:

Das kann ich garnicht begreifen. — Susi ist das beste Mädchen von der Welt — sie schwört auf Marianne! — Marianne hält sich jetzt noch fester an sie, scheint mir, als früher. (Er liest wieder). Der Pastor hat auch immer etwas! (Er legt die Zeitung bei Seite; heftiger). Man kann sie doch nicht plötzlich in eine andere verwandeln! So ein Bischen Jugendschwärmerei! Gott! Die hört noch zeitig genug auf! Wenn ich so denke, wie Du geschwärmt hast — und die Schwestern! Wir alle — damals! Ich dächte! Draußen im Mondenschein — auf dem alten Eichplatz bei der Försterei! — Wie wir uns bekränzt haben.

Frau Rosa sinnend:

Wie es so in der Jugend geht, wenn man noch nicht weiß, was das Leben verbirgt. (Sie starrt vor sich hin).

Onkel Heinrich:

Das hat uns wahrhaftig nicht schlecht gemacht.

Frau Rosa, immer noch sinnend:

Ich höre!

Onkel Heinrich:

Das war die Zeit, wo wir unseren Bund schlossen mit der Natur. — Der Pastor hat aber gar kein Verhältniß zur Natur. Der liest nur Bücher und Bücher! — So ein Mensch! — Wie eine Mauer von Büchern hat er um und um. — Ich begreife so ein Leben garnicht! — Deshalb begreift er auch Marianne nicht. Die ist doch ganz anders.

Frau Rosa blickt vom Schreiben auf:

Aber, liebes Kind! Du faßt doch die Sache zu stark auf. Es ist ja doch begreiflich, wenn er gelehrte Dinge arbeitet. Was soll er denn thun, um vorwärts zu kommen? Jedermann will doch vorwärts kommen im Amt! — Und wenn er sich nun gar noch habilitiren will —

Onkel Heinrich:

O, ja, gelehrte Sachen treiben — da hab' ich auch garnichts dagegen! Aber er muß doch nicht ganz und gar dem das Endchen Lebenslust und Sinn rauben, was nicht grade wie er mit den paar flüchtigen, gelehrten Meinungen und Ideen sich herumschlägt. Er hat ja doch für rein garnichts sonst Sinn. Es giebt doch auch noch anderes in der Welt, als Bibelkritik und Sprachkniffeligkeiten! Ja — und sag doch selbst! ist denn Marianne je anders gewesen?

Frau Rosa,
<small>mit Couvertiren und Adressiren des Briefes beschäftigt:</small>
Nun stille 'mal!

Onkel Heinrich:
Höchstens etwas kleinlaut hat er sie schon gemacht. Würden wir Sie denn überhaupt anders wünschen?

Frau Rosa,
<small>noch in der Beschäftigung wie vorher:</small>
Nun — stille 'mal!

Onkel Heinrich, <small>ohne Unterbrechung lebhaft:</small>
Du hast oft scherzend gesagt: Sie käme Dir vor, wie ein Wesen aus dem Fabelland: so offen und so rein und heiter — voller drolliger Einfälle — und so gesund — und so gütig und so fest — und so neckisch kann sie sein.

Frau Rosa
<small>beschaut den fertigen Brief:</small>
Das ist' was anderes! Davon red' ich gar nicht! Davon red' ich ja garnicht.

Onkel Heinrich:
Aber darum handelt es sich doch. Das ist doch im Grunde die ganze Frage. Er sitzt oben, und beschäftigt sich mit seinen gelehrten Sachen, und wenn sie sich beschäftigt, wie sie es als Mädchen gethan hat, wie ein Kind, was so hie und da 'mal 'was Schönes erleben will — dann ist er unzufrieden, weil sich das nicht ziemt und das nicht ziemt.

Frau Rosa <small>ordnet wieder den Tisch:</small>
Ja nun! — Du nimmst sie ja immer in Schutz. Aber ich kann Emil wohl auch verstehen. <small>(Man hört Jemand die Treppe gehen).</small> Sprechen wir nicht mehr davon! Emil kommt. <small>(Sie wendet sich nach der Terrasse.)</small> Ich will Olbrich nur geschwind den Brief mitgeben. <small>(Ab.)</small>

Anna deckt den Terrassentisch.

Der Pastor
ist ein junger Mann im Beginn der Dreißiger, mit bartlosem, vollem, etwas blassem Gesicht und hellen Augen. Seine halblangen, braunen Haare fallen unregelmäßig um seinen Kopf. Seine Stimme ist derb. Er kleidet sich nach Theologenart. Der Pastor tritt von links herein:

Gott grüß Dich, Onkel Heinrich! — Nun wo ist denn Mama und Marianne?

Onkel Heinrich,
ohne sich im Lesen stören zu lassen:

Die kommen wohl gleich. Es wird ja schon gedeckt.

Der Pastor
reibt sich die Hände, während er an die Terrassenthür tritt:

Es ist doch herrlich hier in Eurer Landeinsamkeit — ein paar Wochen. — In der Stadt kommt man vor lauter Amtsgeschäften zu gar keiner rechten Arbeit.

Onkel Heinrich, immer noch lesend:
So?

Der Pastor:
Da soll ich auch Bruder Werner vertreten — drüben — morgen über acht Tage — möchte er gerne.

Onkel Heinrich:
Warum auch nicht?

Der Pastor:
Ich kann natürlich nicht gut nein sagen. — War nicht Nachmittags Frau Kantor hier? Es kam mir so vor, als hätt' ich im Garten ihre Stimme gehört.

Onkel Heinrich:
Wohl möglich! Ich war nicht zuhaus.

Der Pastor:
Du warst wohl beim Weizen draußen? Ist der Weizen gut 'rein?

Onkel Heinrich
legt die Zeitung beiseite:
Jawohl! Sie haben auch Deine Frau gebunden — heute.

Der Pastor, *verwundert:*
So? Marianne war auch draußen?

Onkel Heinrich:
Sie ritt mit mir hinaus. *(lachend)* Aber sie hatte dann keine Geduld zu warten.

Der Pastor:
Ja, ja! — Das ist ganz Marianne! — Sie kann nie warten. Sie will jeden Augenblick 'was anderes.

Onkel Heinrich, *belustigt:*
Ich glaube mir ging's auch immer so Emil als ich jung war.

Der Pastor:
Du warst aber auch ein Mann.

Onkel Heinrich,
noch immer belustigt:
Das ist doch dabei ganz einerlei.

Frau Rosa
kehrt über die Terrasse zurück:
Nun — jetzt möchte wohl Marianne auch bald da sein. — Hast Du gut arbeiten können, Emil? Es war recht schwül.

Der Pastor:
O ja, Mama. Es ging gut. — Wo bleibt Marianne eigentlich den ganzen Tag?

Onkel Heinrich:
Sie wollte mit Susi baden.

Der Pastor, heftig:
Ich finde das wirklich unbegreiflich. Sie weiß doch, daß ich es nicht will.

Onkel Heinrich:
Du hattest doch nichts dagegen, Rosa?

Frau Rosa:
Nun nein! Eigentlich nicht! — Aber Emil meint —

Der Pastor, aufgebracht:
Es ziemt sich wirklich nicht, der See ist nicht so abgeschlossen — sie ist doch eben auch die Frau eines Pastors! — und dann Susi! — das ist wahrhaftig kein Umgang.

Onkel Heinrich:
Das find' ich einfach lächerlich.

Der Pastor:
Ja — Du machst mir Vorwürfe, lieber Onkel. — Wie soll ich's anders machen? Die Leute reden doch drüber! — Und dann ist auch Susi — sag 'mal Mama! —

Frau Rosa:
Nun ja, Heinrich! — Du weißt ja doch, Emil, daß Heinrich darin nichts findet. — Aber Heinrich, Du wirst doch nicht läugnen, daß es nicht ewig gehen kann, wie früher. — Es muß doch auch einmal ein Bischen Ernst angehen.

Anna
tritt von der Terrasse ein:
Es ist angerichtet, gnädige Frau.

Frau Rosa:
Da wollen wir nur essen, Kinder.
Frau Rosa, Onkel Heinrich und **der Pastor** treten hinaus auf die Terrasse.

Der Paſtor, währenddeſſen:
Werner's und Panſer's kommen Morgen Nachmittag. Sie ſetzen ſich um den Tiſch und beten ſtill. In dieſem Augenblick erſcheint im Hintergrunde Marianne, die ſich auf dem Parkwege gradeaus der Terraſſe nähert.

Frau Roſa:
Das iſt nett, Emil. Beſtimmt? Wer ſagte es Dir?

Der Paſtor:
Bruder Werner war hier — den Nachmittag.

Onkel Heinrich:
Na, das wird ja eine bunte Geſellſchaft werden mit Fritz.

Marianne
erſcheint mit leicht aufgeſtecktem Haar auf der Terraſſe:
Komm, ich zu ſpät? Ach, wie ſchön war's im Waſſer! Ich bin bis zur Inſel geſchwommen. (Sie ſetzt ſich und betet einen Augenblick ſtill).

Frau Roſa:
Nein, Kind! Es iſt noch Zeit. Wir haben uns dieſe Minute geſetzt.

Marianne,
ſich eifrig dem Eſſen zuwendend, noch ganz mit ſich beſchäftigt:
Nein! und was Euch blos die Suſi für ein ausgelaſſenes Ding iſt — im Waſſer!

Der Paſtor:
Viel fehlte aber nicht.

Marianne:
Emil, Du biſt doch ein ſchlechter Menſch.

Der Paſtor:
Aber es iſt doch auch wahr. Mama ſagte ſchon: Wo bleibt nun Marianne wieder?

Onkel Heinrich:
Wieder ſetzt Emil nur hinzu.

Frau Rosa, lächelnd:

Ja, Emil, Siehst Du! Da mußt Du genau sein! Heinrich paßt genau auf.

Onkel Heinrich, lachend:

Ja, ja! Ist's nicht so?

Der Pastor:

Jawohl! — zugegeben, lieber Onkel. — Aber liebes Kind, ich hab' Dich wirklich den ganzen Tag nicht gesehen! — Und dann — das Baden hab' ich doch nicht gern. Ich weiß nicht, daß Du mir das nicht zu Gefallen thun kannst!

Marianne:

Ich soll Dir immer alles Mögliche zu Gefallen thun!

Der Pastor:

Ist benn 'was dabei?

Marianne:

Es soll 'was dabei sein! — Nein! — Dabei ist eigentlich nicht viel. — Nun aber, Anna, bald einen großen Krug Milch! hören Sie! Das Baden macht einen Durst! Es war zu herrlich im Wasser! — Nein — dabei ist eigentlich garnicht viel, als daß — ich zuletzt Du wäre und ganz vergessen müßte, was mir gefällt, wenn ich nur immer alles thäte, was Du willst.

Der Pastor:

Meinetwegen! — Wenn Dein Herz daran hängt!

Frau Rosa:

Kinder, seid doch nicht so hitzig!

Marianne:

Ja wohl! — eben! mein Herz hängt daran!

Frau Rosa, vorwurfsvoll:

Marianne! (Es bleibt eine Weile ganz still.)

Der Pastor
springt absichtlich auf etwas anderes über:
Der Kuchen schmeckt prachtvoll, Mama.

Frau Rosa, nachlässig:
Er schmeckt noch recht frisch.

Marianne
sieht Onkel Heinrich schalkhaft an:
Und seine Pommeranzen sind drin! Nicht Onkel?

Onkel Heinrich,
Mariannen zulachend, singt:
Schöne Pommeranzen frißt mein Murmelthier.

Marianne, ausgelassen:
Kinder, Fritz kommt ja heute! In den bin ich schon halb verliebt!

Der Pastor:
Nein, Marianne, wenn das blos die Leute hören! Was sollen die von Dir denken?

Frau Rosa:
Laß sie doch, Emil! Sie macht ja doch nur einen Scherz.

Marianne:
Ich möchte nur wissen, wie so ein Künstler aussieht? — Ein Künstler, Mutter, das muß doch 'was Wunderbares sein!

Der Pastor, lachend:
Nun, liebes Kind, den Mund hat er vermuthlich auch unter der Nase.

Marianne,
sich scherzhaft erstaunt stellend:
Nein! Was Du sagst!

Onkel Heinrich:
Na ja, Emil! Äußerlich!

Frau Rosa, ernst:

Fritz war ein prachtvoller Junge. Er hatte soviel Talent — und dabei war er so schlicht immer und so gut. — Ach ja — sie hatten sich so lieb und waren so eins.

Onkel Heinrich:

Nun — und was meint Ihr wohl, wie er stolz sein wird auf seine Medaille!

Der Pastor, gutmüthig:

Du hast's ihm aber auch hübsch bequem gemacht, Mama. — Wenn ich denke, wie sich tausend andere plagen müssen! Ach Gott! Wie ich mich habe plagen müssen!

Onkel Heinrich, kräftig:

Das macht's doch noch nicht, daß einer nur satt zu essen und zu trinken hat.

Frau Rosa:

Fritz hat uns immer nur Freude gemacht. Walter wollte ja auch immer Künstler werden.

Marianne:

So ein Künstler! — wie so einer nur die Welt sehen mag! — und überall kann er hin und — sieht alles! — Ich möchte gleich Künstler sein, wenn ich nicht Frau Pastorin wäre. — Warum Du es nicht eigentlich auch geworden bist, Mutter?

Frau Rosa:

Du weißt doch, Vater wollte es nicht; — die anderen in der Familie eigentlich auch nicht!

Onkel Heinrich:

Von so 'was wußten wir doch zuhause rein garnichts.

Frau Rosa:

Sie meinten damals, es wäre ein unsittlicher Beruf

— so ein Preisgeben, weißt Du! — so als Sängerin hintreten!

Der Pastor:
Daran ist wohl auch etwas Wahres.

Onkel Heinrich:
Warum nicht gar!

Marianne:
Ein Preisgeben in himmlischer Lust — und zur Erhebung der Menschen!

Frau Rosa:
O ja! — wie war ich ganz glückselig, wenn ich sang, und die alten Freunde vom Vater hatten Thränen in den Augen.

Der Pastor:
Natürlich! — Freilich, Mama! — Aber dabei ist doch auch viel Eitelkeit.

Marianne, heftig:
O nenn' es nur immer, wie Du willst, mit den häßlichen Worten! — Wer sich so hingiebt, muß wohl fühlen, wozu! — Eitelkeit! — Warum Eitelkeit? und nicht lieber Glück? Ruhm? Entzücken? — Wenn ich geschmückt bin, und ich freu' mich, bin ich eitel! Jeder soll sich seines Schmuckes freuen!

Der Pastor, ablehnend, pathetisch:
Eitelkeit ist nichts Bedeutendes. Das ist kleinlich! (Von oben herab hohnlächelnd) Und was weißt Du von Ruhm, möchte ich nur wissen! Diese leere Schwärmerei!

Marianne:
Schwärmerei? — und ich bin nun einmal eitel! und ich hab' Schwärmerei!

Der Pastor:
Und läßt die Suppe verbrennen! und läßt in der Wirthschaft Unordnung einreißen! und —

Marianne fällt ihm in's Wort:
hast keine Würde als Frau!

Der Pastor:
Da bist Du natürlich wieder böse darüber. — Sieh doch nur die Mama an, die wahrhaftig auch Geist und Talente hat! — die kann doch dabei noch wirthschaften und alles mögliche thun! — Du willst nur immer in höheren Regionen schweben.

Marianne:
Mama? — Ja! — die kann's! Ich kann's halt nicht! — Ich bin ja auch nicht Mama! — Ich bin ja nicht 'mal ihr Kind!

Der Pastor, sehr heftig:
Das ist wirklich höchst undankbar von Dir.

Onkel Heinrich, unwillig:
Nein, Emil, thu, mir den einzigen Gefallen —

Frau Rosa:
Ach Gott! Kinder! Nein! Was redet Ihr? — Nein! — Marianne dankbar sein! Was soll das heißen? Wir wissen ja doch, wie wir stehen? Ich bitte Dich, lieber Emil! Sie ist mir ja immer ein so treues Kind gewesen! Es tritt wieder Stille ein.
Anna bringt die bestellte Milch.

Marianne:
Wenn Sie so spät kommen wollen, Anna. Jetzt mögen Sie nur die Milch gleich wieder mitnehmen.

Der Pastor, resignirt:
Kinder, ich muß noch arbeiten. Vielleicht komm' ich dann noch eine Weile in den Park (Er sieht die anderen nach der Reihe fragend an, alle beten still). Dann können wir uns ja noch ein Bißchen (er beugt sich scherzend zu Mariannen's Ohr)

raufen. — Uebrigens, Mama, wenn Du willst, lese ich Dir dann noch die Predigt vor (Er wartet an der Thür links die Antwort ab).

Frau Rosa:
Schön! — Ja, sehr schön, Emil! Doch hier auf der Terrasse? Da komm' nur nicht zu spät!
Der Pastor ab. Eine Weile Schweigen.

Onkel Heinrich:
Emil hat doch immer etwas!

Marianne:
Ein Bischen schlimm ist er. — (Zu Frau Rosa gewandt) Er kann manchmal so gut sein! Nicht Mama? — Er ist auch wohl ein wenig überarbeitet. — (Eine Weile Stille) Mutter war Dir das nicht sonderbar, wie mich plötzlich der Vater brachte — nach Walters Tode?

Frau Rosa:
Ach, Kind! — Nein! — Sonderbar!? — Es sollte mich ablenken — damals — ich erholte mich langsam wieder — dann gewann ich Dich lieb. — (lächelnd) Aber Du warst manchmal ein rechter Trotzkopf! Ich konnte es Dir nie recht machen.

Marianne.
Ist das wahr, Mutter? (Schalkhaft) Darauf entsinne ich mich garnicht mehr.

Frau Rosa, ernst:
Nein, Kind! Nun denk' mir aber nicht immer an solche Sachen!

Onkel Heinrich:
Du weißt ja, wie lieb wir Dich alle haben, Du Wildfang (Er reicht Marianne die Hand, die sie ihm ebenfalls giebt und überläßt).

Frau Rosa erhebt sich und geht an den Flügel.

Marianne

erhebt sich ebenfalls und macht sich von Onkel los:

Mutter, da fahr' ich mit Susi noch eine Weile hinaus auf den See. Du weißt ja! Wir wollen dabei die Guirlande flechten.

Frau Rosa, lächelnd:

Bei der Dunkelheit!? Du wirst Dich doch nicht erkälten, so leicht wie Du bist!

Onkel Heinrich entfaltet eine Zeitung.
Anna hat unterdessen abgedeckt und bringt eine brennende Lampe.

Marianne:

Es ist ja so warm! — Der Mond kommt bald! (ab nach dem Park).

Frau Rosa

sitzt im halbdunklen Zimmer am Flügel und spielt und singt:

„Harre meine Seele! Harre des Herrn! Alles ihm befehle!" (Der Vorhang fällt). „Hilft er doch so gern".

Zweiter Akt.

Ein freier Kiesplatz. Zur Linken, von der Seite gesehen, die Hinterfront des Herrenhauses mit Terrasse und Treppe. Ausstattung der Terrasse wie im ersten Akt. In einiger Tiefe schließt sich an die Hinterfront ein vorspringender Seitenflügel, an dessen dem Beschauer zugekehrter Wand eine Hausthür mit einigen Stufen davor und einer kleinen Ueberdachung sichtbar ist. Vom Platze aus führt an der Querseite des Flügels entlang in die Tiefe ein Weg, der sich im Park verliert. Zwei weitere Wege, die zur Rechten münden, umfassen ein hohes Boskett, worin ein Sitzplatz mit Tisch und Stühlen einspringt. Ueber den Sitzplatz hinweg sieht man zur Rechten in der Tiefe auf einen weiten, wohlgepflegten Rasen, den eine schattige Allee im Grunde abschließt. — Auf einem der Treppenpfeiler liegt ein Pack Zeitungen und Briefe. Auf dem Tisch rechts steht etwas Eßgeschirr und eine Rheinweinflasche mit einem Glase. Auf einem Stuhl daneben liegen einige geöffnete Briefe.

―――――

Onkel Heinrich
sitzt am Tische und liest einen Brief.

Fritz,

ein mittelgroßer, junger Mann von etwa achtundzwanzig Jahren, ausgesucht, aber zwanglos gekleidet in helle Sommertracht: leichte Joppe, hellen, langen Schlips, weißen Filzhut. Der Ausdruck seines sonnverbrannten Gesichtes ist feingeistig, ernst und frei. Offene, blaue, suchende Augen. Schöne Stirn. Kurzes, lockerfallendes, leicht welliges, blondes Haar. Ein feingeschwungenes, helles Schnurrbärtchen. Seine Bewegungen sind gefällig, aber kräftig und ohne Hast. Sein Benehmen anspruchslos, aber sicher. Seine ganze Art hat etwas Gläubiges, Treuherziges, und nur leise klingt ein spöttischer Ton hindurch. Fritz biegt mit dem Malkasten in der Hand, auf dem mittleren Wege aus dem Parke kommend, in den Vorplatz ein und tritt zu Onkel Heinrich:

Guten Morgen, Onkel Heinrich! (Er lacht leicht und

reicht Onkel Heinrich die Hand.) Nun? — Hast Du Dich erholt von dem Schrecken?

Onkel Heinrich
hält den Brief in der Linken beiseite und reicht Fritz die Rechte: Morgen, morgen, Fritze! (Dann fährt er sich mit der Rechten über die Stirn und preßt sie vor die Augen.) Emil ist doch ein sonderbarer Heiliger! (Er nimmt den Brief wieder vor.) Entschuldige, Fritze! — nur einen Augenblick noch! (Er wendet sich ihm nochmals zu und weist dabei auf den Treppenpfeiler.) Uebrigens — gucke 'mal da nach! Für Dich ist auch 'was da!

Fritz:
Für mich? (Er geht zu dem Pfeiler.) Warum nicht gar! (Er durchsucht die Briefe und findet einen. Indem er die Aufschrift betrachtet.) Ach, dieser verfluchte Faulpelz! (Er öffnet ihn, während er an den Tisch zurück kommt, liest und lacht dabei.

Onkel Heinrich
hat seinen Brief beiseite gelegt und beobachtet Fritz: Nun? Du lachst ja?

Fritz:
S' ist 'n Unsinn! — bloß ein Bierulk von den münchener Freunden. (Er reicht das Papier Onkel Heinrich und sieht über dessen Schulter mit hinein.)

Onkel Heinrich, lachend:
Das Ding ist nicht übel.

Fritz:
Aber es kann einem — (er läßt sich auf einen Gartenstuhl nieder, während er ein Cigarettentäschchen öffnet.) Ich bin heute wahrhaftig nicht aufgelegt zu faulen Witzen.

Onkel Heinrich:

Haft Du schon gehört? — Pastor Ansorge hat sich mit Familie angemeldet für heut Nachmittag.

Fritz:

Ach Donnerwetter, Onkel! — Schon wieder einer! Die Gerechten nehmen auch wahrhaftig bei Euch gar kein Ende! — Na — mir soll's recht sein! — Ich muß sowieso malen.

Onkel Heinrich:

Du! — Malen? — Heute zum Sonntag? Bild' Dir nur keine Schwachheiten ein, daß Dich Rosa da fortläßt! — Obenein, wenn die alle da sind.

Fritz:

Dann wenigstens am Morgen.

Onkel Heinrich:

Ich muß am Morgen auch zu haus sein. — Emil wird mir's zwar übel nehmen, weil er grade heute predigt.

Fritz, plötzlich lebhaft:

Nein, weißt Du Onkel! Diese ewigen Wortstreitereien um Beelzebub und seine Großmutter — das hab' ich Dir grade dick bis oben hin. — Ein solcher Blech! — Ich bin heute noch ganz müde davon.

Onkel Heinrich, lachend:

Dir schon recht! Fritze! Was kriechst Du auf den Leim!

Fritz:

Weiß Gott! Traurig könnte man werden! Im Grunde gefällt doch Tante Rosa nur noch, was Emil sagt.

Onkel Heinrich:

Laß gut sein, Fritze. — Jetzt ist das noch garnicht so schlimm.

4

Fritz:

Es ist ja doch auch immer ein und dasselbe! — Mit nichts fängt an! — ja! mit rein nichts! — Ich wüßte wahrhaftig nicht!

Onkel Heinrich,
ihm belustigt ins Wort fallend:

Alte Geschichte! — natürlich! — Dann geht's über Stock und Stein — da wird alles mögliche von unterst zu oberst gekehrt —

Fritz, *Heinrichs Rede weiterführend:*

— und zu guter Letzt, eh' man sich's versieht, wird Emil zum Cherubim mit dem Schwert und vertheidigt den Himmel! Er denkt immer, er muß den Himmel gegen uns vertheidigen! — Fromm sein ist ja sehr schön! Gott! — Warum denn nicht? — Wenn's einen sonst glücklich macht! — Aber soviel Redensarten braucht einer doch nicht gleich dabei zu machen!

Onkel Heinrich, *neckend:*

Uebrigens, Fritze, Du geriehtst auch gehörig in die Wolle — gestern Abend.

Fritz:

Na — hör' mal, Onkel! — da soll einer nicht teufelswild werden! — Emil — ach was! — Aber was ist das auch für eine Art von Tante Rosa gegen Marianne! — Sie darf ja kein Wort sagen! — Nichts gefällt Tante — gar nichts! Sie darf nur den Mund aufthun — Marianne — da fühlt man schon bei Tante — *(die letzten Worte sehr lebhaft.)*

Onkel Heinrich:

Da brauchst Du doch nicht so zu schreien, Fritze! Rosa schlendert auch noch im Park. — Gott ja — seit Du da bist, scheint mir das auch schlimmer, wie sonst.

— Aber Marianne war gestern auch gleich so lebhaft —; ich weiß gar nicht, was in sie gefahren war.

Fritz:
Konntest Du's ihr verdenken? Ich nicht! (Er nimmt die Flasche und schenkt sich ein halbes Glas ein.) Gieb mir einen Schluck Wein zu trinken. Du fängst auch zeitig an damit, Onkel!

Onkel Heinrich, lachend:
Mein Lieber, seit vier Uhr bin ich wie gewöhnlich auf den Beinen. Ich frühstückte schon zum zweiten Mal, mußt du wissen. — Na — trink nur! Das wird Dich schon wieder lustig machen! (Er sieht an die Uhr und erhebt sich.) Ich begreife nicht. Der Inspektor müßte doch längst da sein. Ich will doch lieber einmal hineinsehen.

Fritz:
Bewahre! — Bleib' doch! wenn er da ist, werden sie Dich schon rufen. (Er erhebt sein Glas.) Also, Onkel! Auf Emil! Emil soll leben, und sein unerschöpflicher Born auswendig gelernter Weisheit! — Nein, Onkel, weißt Du! Das ist mir ja ganz gleichgültig, was Emil sagt. Das ärgert mich auch gar nicht. — Soweit kenn' ich nun auch die Menschen! Ich weiß wohl zu unterscheiden, wo es ein wahres Verhältniß zu den Dingen giebt. — Da lach' ich einfach. — Aber um Gotteswillen! Wie streng Tante nur heute urtheilt!

Onkel Heinrich:
Ja, mein Junge! Das ist nun im Leben einmal nicht anders!

Fritz, vor sich hinsinnend:
Ein Duft förmlich — lag's über ihr! — Über ihrem ganzen Hause! — Was uns anging, an allem nahm sie

theil — ohne Einrede! — Du weißt ja! Wenn wir so heimkamen — Raupen in der einen Hosentasche — Blaubeeren in der andern — da war sie so ausgelassen mit uns! Da konnte sie nur immer so lachen. Das gehörte ordentlich dazu. Ohne das war's nur ein halbes Vergnügen für uns! Ueberhaupt alle dummen Streiche mußten ihr doch anvertraut werden! — Ich darf gar nicht an die Zeit denken. — Und ihr froher, herrlicher Gesang! — Ich glaube, damals regte sich in uns der Künstler zum ersten Mal. — Sie bewegte uns allen das Herz. Deshalb liebten wir sie so. — Da sang eine große, freie Seele, das machte uns so wohl. Es kommt mir vor, als ob ich mich nur darnach im Leben zurückgesehnt hätte!

Onkel Heinrich:
Rosa ist freilich ernster geworden!

Fritz:
Ernster! Das möchte sie sein! Das werden wir ja alle. — Das wäre wohl begreiflich. Ich bin auch ernster geworden. Man wird ernster, wenn man arbeitet und vorwärts schreitet. — Nein — ernster! Das ist es nicht! Das Freie und Eigene in Tante Rosa ist eingeengt! — Das macht mich ganz unglücklich. — Ich fühle in allem ganz anders. — Ich kann ihr Vertrauen gar nicht mehr erwidern. Das ist ja eine ganz andere Welt, in der sie noch lebt. Sie denkt, ich komme wie damals. Das macht mich ganz unglücklich! — Ich muß auch bald wieder fort von hier.

Onkel Heinrich:
Da verlangst Du aber auch wirklich zu viel! Du bist in der Welt gewesen. Du hast Dich zum Künstler entwickelt. Du kannst doch nicht verlangen, daß sie Deine Anschauungen hat.

Fritz:
Ich verlange gar nichts!

Onkel Heinrich:
Gott! Fritze! Daß Menschen sich an einander vorbei entwickeln, das kommt ja vor! Daß einer zurück bleibt, während der andere vorwärts geht; daß es da manche Trennung giebt — und Schmerzen! — Du liebe Zeit! Denkst Du, ohne das geht es? Das ist das Leben! Man darf nicht zu viel um sich blicken! — Ich begreif' Dich übrigens nicht, Fritze! — Du kannst Dich doch nicht beklagen! — Rosa — ja — überhaupt seit Du da bist, will sie fast von niemand mehr sonst 'was wissen, außer Dir.

Fritz, versonnen:
Wie tief Marianne betroffen war von Tante's Benehmen! (heftig.) Nein, Onkel Heinrich, da brauchst Du gar nicht erst zu reden. Da kenn' ich Dich besser! Nein, ich weiß sehr genau, daß Du darin ganz so fühlst, wie ich. — Es giebt so ein gewisses — na — wie soll ich sagen? so im Untergrund des Verkehr's — ein unantastbares Wohlwollen — meinetwegen! ach Gott! — Glaube oder Liebe — oder wie Du willst! So ein innerstes Entgegenkommen im Gefühl — Du kannst Dir ja denken, was ich meine! Wo das ist — ja! — Wenn man aber schon von vornherein weiß, verkannt und mißverstanden zu werden.

Onkel Heinrich:
Ach Fritze, Du mußt das wahrhaftig nicht zu schwer nehmen! Da seid Ihr zu empfindlich — Ihr Künstler!

Fritz, immer noch versonnen:
Ich versteh' Tante Rosa nicht! Daß sie so gar kein

Verständniß hat für Marianne. — Wie tief Marianne nur gestern Abend erschrocken und betroffen war! (plötzlich eifrig.) Hast Du Marianne schon gesehen heute?

Onkel Heinrich:

Das weißt Du noch nicht! Die bleibt immer Sonntags früh — vor der Kirche — oben in ihrem Zimmer — allein —; ich glaube, da schreibt sie wohl ihr Tagebuch. Das that sie immer schon — auch als Mädchen. Da kam sie auch nie zum Frühstück,

Fritz, ganz selbst vergessen:

Wie Jugend — und Glück gehts von ihr aus! und so ein leiser, tiefer Ton dazwischen von Sehnsucht und Trauer! (lebhaft) Unsereiner in so einem Zigeunerleben weiß das zu würdigen! — Und (plötzlich feurig) Zucht — und Anmuth — und feinsinnige Bildung — und ja — man kann geradezu sagen: etwas Kühnes und Großes liegt in ihr. — Ach — und wie schön sie ist! — „Es ist das Licht süße und den Augen lieblich die Sonne zu sehen!"

Onkel Heinrich:

Der Teufel auch, Fritze! Du brennst ja! Du brennst ja lichterloh!

Fritz:

Ach Gott! Leichtfertige Geschichten, die hat man ja genug hinter sich! — Es war ja manchmal ganz lustig! (übermüthig) Voriges Jahr erst — da waren wir oben in einer Sennhütte — in den bairischen Bergen; — das ist ja so bequem von München! Wahrhaftig — ich muß fort, Onkel!

Onkel Heinrich:

Fort? Von hier? — Du bist kaum acht Tage hier, und willst fort? Nun sei wirklich 'mal vernünftig! Was nützt denn überhaupt das ganze lamentable Gerede?

Fritz:

Lamentables Gerede! — (ohne weiter zu hören) Ja! — Was ist das alles! — das hat gar keinen Halt. — Und sie ist so gut zu mir, das macht mich ganz kleinlaut. — Wenn sie so vertraulich zu mir redet wahrhaftig — da möcht' ich ordentlich immer nur ganz leise sprechen. — Nein — ich muß unbedingt fort von hier.

Onkel Heinrich, ausgelassen:
Aber Fritze! Du brennst ja!

Fritz:
Mach' keinen Unsinn, Onkel! Nein, höre einmal ernstlich!

Onkel Heinrich:
Herrgott, Fritze, schrei' doch nur nicht so! Ich sag' Dir ja, Rosa kann jeden —

Fritz, lebhaft mit gedämpfter Stimme ihn unterbrechend:
Na — also! — Ja! — Was wollt' ich denn nun sagen? — Ach weißt Du, Ansichten! Mag doch einer Ansichten haben, wie er will! Aber Tante Rosa hat kein Gefühl für etwas anderes mehr, — für alles, was unser Leben erfüllt — das ist ihr nichts mehr! Denk' doch nur an gestern Abend! — Es war klar und schlicht, was Marianne sagte. Nun? Wie stellte sich denn Tante Rosa dazu? Wie streng sie sprach! Und wie Du nur ein Wort zustimmtest! Ich kannte sie im ersten Augenblick gar nicht wieder.

Onkel Heinrich:
Gott, Fritze, ja! — Freilich! Da ist überhaupt manches geschehen! (Man hört Tritte im Garten. Onkel Heinrich der sich währenddessen erhoben hat, sieht in den vordersten Parkweg.) Da kommt ja Rosa.

Fritz
erhebt sich ebenfalls, legt seine Cigarette vorsichtig auf den Tisch und geht dann Rosa einige Schritte entgegen:
Nun, Tante Rosa! Guten Morgen! Du hast doch gut geschlafen? Es war wirklich eine recht dumme Aufregung! (Sie reichen einander die Hände und treten an den Tisch).

Frau Rosa:
Versteht sich! Guten Morgen, Fritzel! (Sie setzt sich auf einen der Stühle, eben so Fritz). Guten Morgen, Heinrich!

Onkel Heinrich:
Morgen, morgen, Rosa! (lacht) Wir haben uns ja schon einmal begrüßt.

Frau Rosa:
Richtig! — Nein, Fritzel! wenn man älter wird, schläft man ohnehin nicht mehr so, wie in der Jugend. — Ich hab' noch eine Weile wach gelegen — zuerst.

Fritz:
Das thut mir wirklich leid, Tante.

Frau Rosa:
Nein, thu' mir die Liebe, Fritzel! — Das macht ja gar nichts. — Das passirt mir tausendmal — da lieg ich vor dem Einschlafen — da geht mir alles Mögliche durch den Kopf — Vergangenes und Zukünftiges. — Ich mußte gestern noch lange darüber nachdenken, was Du sagtest.

Onkel Heinrich:
Die ganze Geschichte war recht unnütz!

Fritz:
Ich war recht heftig gestern — nicht? Ich weiß auch gar nicht —

Frau Rosa:

Ach, Fritzel! Nein! Da hat jeder sein Theil. — Nein, davon wollen wir gar nicht mehr reden! (Man hört von weitester Ferne läuten). Ist's nicht ein schöner Sonntag Morgen? — Das haben wir ja längst verschlafen. — Hörst Du! — jetzt läuten sie den Sonntag ein — drüben! — Wie ein Sehnsuchtslaut klingt's über die Erde! — Nicht? — Die Sehnsucht thut so wohl. — Klingt's nicht schön? (Sie hört eine Weile zu und faltet die Hände andächtig.) — Weißt Du noch? — Damals? — Da betetet Ihr auch immer ein Vaterunser, wenn die Glocken klangen — Walter und Du?

Onkel Heinrich:

Gott, wie die Zeiten vergehen!

Fritz:

Ja, ja, Tantchen, ich muß auch oft daran denken, wenn ich läuten höre.

Anna kommt zur Hausthür heraus auf den Tisch zu.

Onkel Heinrich:

Nun, Anna? Ich soll wohl kommen?

Anna:

Ja wohl, Herr Oberförster. Der Inspektor wartet im Amtszimmer.

Onkel Heinrich.

Ja, Fritze, vor Tisch reit' ich noch einen Augenblick aus. (Zu Anna gewandt) Ich komme gleich, Anna. (Anna ab). Kommst Du etwa mit?

Frau Rosa:

Du willst nicht mit uns in die Kirche, Fritzel?

Fritz:

Du weißt ja doch, Tantchen — ja — Onkel Heinrich,

genau kann ich's noch nicht sagen; — vielleicht — wenn ich fertig werde.

Frau Rosa:
Nun — ja — Ihr habt eine andere Art Gottesdienst!

Onkel Heinrich, lachend:
Ach — warum nicht gar?! Das sind ja reine Heiden. — Na — auf Wiedersehen, Rosa! (er reicht Rosa, dann Fritz die Hand.) Da komm' nur mit dann — hörst Du! — Du weißt ja, wo ich bin! (geht ab in's Haus.)

Fritz, ihm nachrufend:
Bestell' mir 'was zu frühstücken! aber oben in's Zimmer! (Zu Rosa gewandt.) Ich hab' mich heute schon zeitig auf dem See und der Insel 'rum getrieben, ich versuchte zu malen. — Ich muß mir bald noch eine Leinwand aufziehen in meinen Malkasten, ehe ich wieder hinaus gehe.

Frau Rosa:
Ich hab' auch nur noch ein Weilchen. Ach, Fritzel, Dir muß ich es erzählen. — Nein, was ich Dir diese Nacht für einen herrlichen Traum gehabt habe! — einen wunderbaren Traum! — Ich war im Himmel! — Gott Vater — nein! wie wunderbar! — so ein alter, lieber starker, schützender Vater! — neben dem stand ich — oder kniete ich wohl. Manchmal schien's mir ganz unermeßlich, wenn ich aufblickte. — Und Walter spielte auf einer weiten, weiten Wiese — mit andern Kindern — unter lauter großblüthigen Wunderblumen — in den herrlichsten Farben — das waren eigentlich auch wieder Kindergesichter! Die anderen Kinder — die trugen ihn nämlich — den Walter — und alle jubelten — und alle jubelten — und Walter sah mich immer an, wie: „Ist Dir nicht wohl hier, Muttel?" — Ja! — und

Gott Vater legte seine Hand auf mein Haar — das durchdrang mich wie Seligkeit. — Selig war's. Und ich sagte dabei: „Herr! Herr!"

Fritz:
Ja, freilich, Tantchen. Das ist schön! Wie spricht doch gleich der alte Chronist: „Die aller anmuthigste und größte Lust, so ein elender und gebrechlicher Mensch in diesem eitlen Leben haben kann, ist die himmelflammende Seelenlust."

Frau Rosa:
Ja, siehst Du, Fritzel, das ist doch das Höchste.

Fritz:
Das ist ganz mein Fall, Tantchen.

Frau Rosa:
Du sagtest doch auch, ein Verlangen nach geoffenbarten Augenblicken wäre Künstlersehnsucht!

Fritz:
Jawohl, Tantchen! — natürlich! — Gott! Wer ihn nicht hätte: den tiefen, unstillbaren Harm! Den er je befallen, der kommt davon seinen Lebtag nicht mehr los; — Das kannst Du glauben, Tante Rosa! — und die ihn je verlieren, haben ihn nie besessen.

Frau Rosa:
Das klingt freilich sehr schön! Aber, Fritz, denkt Ihr nicht dabei doch mehr an die Erde hier? — an Euch selbst? und durch Euch?

Fritz:
Ach, Tantchen! wir denken an das Wunder — um uns — und in uns! — von dem wir freilich wünschten,

daß sich's begeben möchte. — Ich selbst! — das ist doch auch das reine Wunderding! — Ichprotzen — die giebts ja auf allen Gebieten! — Aber — (lebhaft) Natürlich möchte ein jeder gern so ein klein' oder groß' Wunder in sich! — Ich möcht's auch, versteht sich. — Man läßt sich ja keine Mühe verdrießen! — Ja — was will man eigentlich sonst? — Das Unfaßbare fühlbar machen — ein wenig — oder wer weiß?

Frau Rosa:

Mit Eurer schwachen Menschenkraft! — Ach Fritzel! mit Eurer schwachen Menschenkraft! Ich könnte mich daran nicht mehr halten! — das wäre mir nicht fest genug! — Nein, Fritzel! Wir gebrechlichen Menschen! Ich kann mich nur noch an Den oben halten! Das fühlst Du noch nicht! Du kannst das noch nicht fühlen, wie selig es ist, auf Ihn zu hoffen und zu bauen!
Sie hält plötzlich inne, weil in diesem Augenblick

Der Pastor

mit Ueberrock und Hut aus dem Hause tritt. Er bleibt eine Weile an der Thür stehen, beschäftigt einen Handschuh anzuziehen:

Gott grüß Dich, Mama — und Fritz!

Frau Rosa erhebt sich:

Guten Morgen, Emil! — Ja, Fritzel, da ist es wohl Zeit.

Fritz erhebt sich ebenfalls:

Da will ich nur auch gehen — jetzt, Tante Rosa.

Frau Rosa,

während sie beide gegen das Haus gehen, reicht Fritz die Hand:

So leb' mir nur wohl, Fritzel! Sei nur ja vorsichtig, wenn Du so lange stehst. Auf der Insel ist's sehr feucht an einigen Stellen.

Fritz:
Ach, bei dem prachtvollen Wetter! (indem er den Gartenweg in die Tiefe geht, heiter:) Morgen und Adieu, Emil!

Der Pastor:
Du gehst natürlich nicht mit?!

Fritz, lustig:
Du weißt ja, Emil! Wir Maler führen nur so ein oberflächliches Sinnenleben! Da ginge doch nichts tief. (An der Querseite des Flügels entlang in die Tiefe.)

Frau Rosa,
am Fuße der Treppe, wohin ihr der Pastor entgegen gekommen ist:

Fritz ist ein so guter Mensch! — (Im Abgehen begriffen) Ich bin gleich soweit.

Der Pastor:
Du mußt ihn ja besser kennen, als ich! Ja Mama — ich hab' eben meine Predigt noch einmal memorirt und möchte mir nun noch etwas Ruhe laufen. Ihr könnt mich ja mit dem Wagen am Ausgang des Parks erwarten. (im Abgehen) Vielleicht denkst Du doch noch einmal anders darüber.

Frau Rosa:
Nein, Emil! Das ist —

Der Pastor wendet sich zurück:
Wo kämen denn sonst auch diese Ideen her! — Nun, Mama! Wir haben wohl keine große Zeit mehr!

Frau Rosa:
Was meinst Du? Ich weiß nicht — welche Ideen?

Der Pastor:
Diese ganze, sündige Schwärmerei — ohne alle die ehrwürdigen, festen Grundsätze! Ich werde Dir sagen,

wohin das am Ende führt. Heute morgen erklärte mir
Marianne rundweg, sie ginge nicht mit.

Frau Rosa, <small>erschrocken und hart:</small>
Wie denn? nicht mit?

Der Pastor:
Nun — in die Kirche nicht mit.

Frau Rosa, <small>plötzlich äußerst heftig:</small>
Emil! — ich bitte Dich! — ich würde wirklich —
das ist ihr unberechenbares Wesen! — ich würde wirklich
bis in's Innerste erschrecken — über dieses Kind! Ihr
müßt doch dann noch etwas gehabt haben! <small>(sehr streng)</small>
Das wird auf keinen Fall geschehen! Ich werde es ihr
strengstens untersagen! <small>(sie will hinein gehen.)</small>

Der Pastor:
Nein, Mama! Was regst Du Dich erst auf. Ich
meine ja nur so! — Nein, gehabt haben wir gar nichts
mehr, ich sag' Dir ja! — Sie war nur sehr still und
schweigsam. I nun! Du weißt ja, das redet sie nur so!
— Ich hätte es Dir wirklich nicht erst erzählen sollen! —
Da siehst Du übrigens, das ist Fritz — natürlich!

Frau Rosa:
Nein, nein Emil, das liegt nicht an Fritz!

Der Pastor:
Sie kommt sicherlich zur Abfahrt des Wagens pünkt-
lich. <small>(Er hebt die Zeitungen auf dem Treppenpfeiler auf und findet
einen Brief an sich.)</small> Hier liegt ein Brief? <small>(vorwurfsvoll)</small> an
mich? Das muß mir doch aber Anna gleich geben! —
Das begreif' ich nicht. Da lassen sie das nur so liegen,
mir nichts, Dir nichts! Es könnte ja doch 'was Wichtiges
sein! <small>(er öffnet und liest).</small>

Frau Rosa:
Nein, Emil, das wäre doch!

Der Pastor schließt den Brief:
Aber — Mama! — Ich denke — Du mußt unbedingt — jetzt — aber thu mir den Gefallen und laß Dir garnichts merken — erst!

Frau Rosa, im Abgehen:
Da will ich hoffen! — Wenn Du meinst' — ja — also — am Ausgang! (sie geht ins Haus).

Der Pastor
steckt den Brief in die Brusttasche, und wendet sich dem mittleren Parkweg zu.

Marianne
tritt in diesem Augenblick aus Rosa's Arbeitszimmer auf die Terrasse und blickt hastig suchend um sich.

Der Pastor wendet sich zurück:
Nun? — Nun? — Wohin so eilig, liebes Kind? Suchst Du wen?

Marianne:
Gewiß such' ich jemand. Ich suche Muttter.

Der Pastor:
Mama ist den Augenblick hinauf, sich zurecht machen. Nun? — und Du? — willst Du es wieder bis auf die letzte Minute lassen? Es ist gar nicht mehr lange Zeit!

Marianne:
Quäl' mich nicht erst! Du weißt es ja schon.

Der Pastor:
Aber liebes Kind, das war doch nicht Dein Ernst!

Marianne:
Nicht mein Ernst? Ich sagte es dir doch ganz ernst und bestimmt. — Freilich — Du denkst nicht, daß ich auch einmal Ernst machen könnte! — Wenn ich einmal etwas wünsche, das sind nur Launen! — Ich kann ja

nur Launen haben — keinen Ernst! — So denkt ja Mama auch!

Der Pastor:

Marianne, willst du die Sache wirklich noch weiter treiben?

Marianne:

Ich weiß nicht, was du damit sagen willst. Ich werde es nur ganz einfach Mutter sagen, weiter nichts.
<small>Sie geht über die Terassentreppe hinab und wendet sich gegen das Haus.</small>

Der Pastor, heftig:

Bitte, bleibe noch einen Augenblick! — und höre einmal! (eindringlich) Ueberlege Dir doch das noch, liebes Kind! — Es ist doch wirklich kein rechter Grund vorhanden. Das bringt doch nur weitere Aufregung! Uebrigens ist mir das auch schrecklich unangenehm! Ich muß Dir wirklich sagen, das hätt' ich nur vorher wissen sollen, dann würd' ich die Predigt nicht übernommen haben. — Kannst Du nicht wenigstens so viel Rücksicht nehmen auf andere? Du mußt doch einsehen, daß das keine Stimmung ist, in der man Leuten Gottes Wort von Herzen zu Herzen reden kann! — Nun — und vor allem denk' nur ja nicht, daß Mama das so ohne Weiteres hinnehmen wird.

Marianne, schüchtern und ängstlich:

Das weiß ich wohl! — und ich liebe auch den Sonntag Morgen. — Das kann freilich keinen Frieden bringen. (plötzlich heftig) Du denkst nur immer an Deinen Frieden! — wenn Dir nur Ruhe und Behagen bleibt! Wie mir dabei zu Muthe ist, darnach wird nicht gefragt! — ob ich dabei leide — oder nicht! — Ja — so ist es! — Nein, nein! laß mich! Du wirst mich nicht abbringen. Ich thue, was ich für recht und wahr halte! Ich werd' es Mama ganz ruhig sagen.

Der Paſtor, einlenkend:

Du mußt ſchon Mama etwas zu gute halten, liebes Kind! — Wirklich, Marianne, thu' mir den einzigen Ge=fallen! — und — Du mußt immer denken, Mama hat viel Gutes an Dir gethan! Da kannſt Du ſchon ein Wenig Rückſicht nehmen auf ſie.

Marianne:

Sag' es nur deutlich heraus, was Du denkſt! Ich weiß ſchon, was Du ſagen willſt: Ich ſoll dankbar ſein! — Nicht? — Mama fängt ja auch ſchon an damit. — Ich ſoll alles glauben, was Mutter glaubt, aus Dankbar=keit! — Ich ſoll alles thun und ſcheinen, was Mutter will, aus Dankbarkeit! Ich ſoll heucheln und lügen — aus Dankbarkeit. (Sehr heftig und abweiſend) Nein, nein, da irrſt Du! — da irrſt Du ganz und gar!

Der Paſtor, ganz erſchrocken:

Marianne! Marianne! — Um Himmels Willen! Aus welchem Ton redeſt Du?

Marianne, vor Zorn und Leid weinend:

Ich kann es nicht mehr ertragen. — So einfältig bin ich nicht mehr. Ich bin nicht ſo einfältig, wie Ihr mich haben wollt. Ich habe mich doch einmal beſonnen.

Der Paſtor, begütigend:

Um Gottes willen, Marianne! Was ſoll das werden? Da beruhige Dich doch! Sei doch vernünftig! Sei doch nur vernünftig!

Marianne, erſchöpft in ſich hineinweinend:

Gewiß — ich will ruhig ſein. — Es iſt ja thöricht zu weinen.

Der Paſtor, noch welcher, wie vorher:

Du kannſt ja mit Mama reden! — Du kannſt's ihr ja vorſtellen, daß ſie ſo heftig war. Ich bin ſicher, sie hat es schon längst bereut. Aber nur komm' nicht mit einer solchen Absonderlichkeit! Das muß sie doch aufbringen. Du mußt doch auch denken, was würde nur die Gemeinde sagen, wenn Du grade heute fehlst!

Marianne
an den hinteren Treppenpfeiler gelehnt, ohne auf den Pastor zu hören:

Ich soll Mama sagen, daß sie mich so recht von Herzen liebe! (Weinend) Ach, ich hab' es ja lange so fest geglaubt! — ich hab' mir's immer wieder vorgeredet. Nun ist es hereingebrochen — wie Armuth über mich, die mich rauh angreift. — O laß mich! — Nur dankbar soll ich sein! Nein!

Der Pastor:

Ist es denn wider Deine Ueberzeugung, in die Kirche zu gehen?

Marianne, schroff:

Ich will nicht in die Kirche gehen! — Ich bin einfach nicht in der Stimmung! Deine Worte — ich kann nicht andächtig sein! Deine Worte erheben mich nicht! Worte! etwas Großes und Schönes schaffen! Der Mensch ist es doch zuletzt, der sich den Menschen giebt, da muß er doch auch sorgen, daß er etwas Vortreffliches giebt. Ich will sie nicht hören! Ich mag sie nicht hören! — Was giebst Du den Menschen, wenn Du sonst nichts giebst!

Frau Rosa
tritt aufgeregt aus ihrem Arbeitszimmer auf die Terrasse:

Ich habe gehört, was Du sagtest. — Denkst Du denn wirklich, so kann es fortgehen? Fühlst Du es nicht selbst, wie unpassend das ist? Du bist ein Kind! Man muß eben Geduld haben — und denken, Du bist ein Kind. Sonst wäre es überhaupt ganz unerhört!

Marianne mit einem Ausdruck inniger Bestürzung:

Mutter!

Frau Rosa:
Du nennst mich Mutter und thust mir das an!

Der Pastor, sich in's Mittel legend:
Mama! — so — das ist nicht der Weg, so können wir wohl kaum zum Frieden kommen.

Frau Rosa, ohne ihn zu hören:
Ja Kind, was glaubst Du eigentlich? Du bist ohne Rand und Band! — Du wirst heftig — unerträglich heftig gegen mich! — Du widersprichst mir, ohne Dich auch nur einen Augenblick durch meine Mahnungen irre machen zu lassen! — Und dann kommst Du noch mit solchen Sachen! Da willst Du dann noch störrisch sein und uns erklären, Du gingest nicht mit! — Daraus wird nichts, sage ich Dir. Du wirst mitgehen! Du wirst Dich sofort ankleiden — und mitgehen! — Das wäre etwas Neues! Ist das die Kindesliebe?

Marianne:
Mutter!

Der Pastor, auf Rosa einredend:
Mama, ich begreife Dich gar nicht, wie Du nur so heftig werden kannst.

Frau Rosa, heftig:
Emil, was willst Du? Ich habe es doch Marianne vernünftig gesagt. Meinst Du wirklich, ich soll mich durch Marianne bestimmen lassen? Ich soll mich nach Marianne richten? Denkst Du, ich werde mich von meinem Denken los machen um Mariannen's Willen? Ich wünsche, daß Marianne mir folgt, wie sich's für eine Tochter geziemt — und so wird es geschehen.

Marianne:
Wie Du mich liebtest, da konnte ich alles thun — Dir zu Liebe, Mutter!

Der Pastor:

Mama, nun thu' mir den Gefallen! Das führt wahrhaftig zu nichts!

Frau Rosa, immer noch sehr erregt:

Ich soll mich wohl bemüthigen vor Marianne? — Ich soll sie wohl um Verzeihung bitten — weil sie heftig war und mich reizte? An ihr ist es, zu mir zu kommen! Du thust Unrecht, sie zu bestärken, Emil. Ich denke, sie wird kommen!

Marianne, weinend:

Ich mag nicht heucheln, Mutter. — Ich bin arm — ach und ich werde es mit jedem Worte, das Du sprichst noch mehr.

Frau Rosa, plötzlich stutzig:

Nun — warum weinst Du?

Marianne schweigt.

Frau Rosa eindringlicher:

Ja sag!

Marianne, immer noch weinend:

Ich habe keinen Dank, Mutter! Aber Liebe hatte ich, daß Du es weißt.

Frau Rosa:

Und Du beweist sie mir durch Deinen Starrsinn — daß Du doch darauf bestehst!

Marianne, liebevoll:

Ach Mütterlein, kein Starrsinn! Laß mich bleiben! Nein, nein, Du sollst ja gut sein! Du sollst ja nur denken, daß es mich heute nicht drängt! — Es ist keine Laune! Es ist Wahrheit, daß ich bleiben will.

Der Pastor:

Mama, ich kann ohnehin schon nicht mehr durch den Park gehen! — Nun — laß sie bleiben! — Wirklich, Mama du warst recht unnöthig heftig.

Marianne:
Ach Gott, Mutter, heftig! — das warst Du manchmal — aber —
Frau Rosa
mit einer plötzlichen Anwandlung von Wärme:
Siehst Du, Kind! so bist Du nun! — Nein — Marianne, Du denkst, ich —
Marianne:
Ach, Mama! ich will auch lieber mitgehen. Es nützt ja doch nichts.
Frau Rosa:
Bleib! nein! Du sollst nicht! — Nun beruhige Dich! Kind!
Marianne,
indem sie plötzlich Rosa stürmisch um den Hals fällt:
Ach, Mutter, Du liebst mich nicht mehr!
Frau Rosa, plötzlich unerwartet kühl:
Marianne! ich bitte Dich! — Warum denkst Du? Da beruhige Dich doch! — Das ist recht excentrisch! Warum soll ich Dich nicht mehr lieb haben! Ich bitte Dich!
Marianne, erschrocken ablassend, besonnen:
Ja — ja! — Du hast Recht! Mama! — Laßt mich! Geht! Laßt mich! — Es wird sich geben! — Meine Thränen werden sich geben. Es ist ja nichts mehr! Nein! — Geht! Geht! — Laßt mich allein! — Ich werde mich schon wieder fassen — wenn ich weiß, daß Ihr ruhig in der Kirche seid. — Nun geht schon! Ihr kommt ja auch zu spät! Es nützt ja nichts weiter — das Reden! So thut mir doch den Gefallen!
Der Pastor:
Wir müssen ja doch fort, Mama.
Frau Rosa:
So komm, Emil! — Leb' wohl, Kind! — Nur — und ich kann mich darauf verlassen! — Du bist wieder ruhig? — ganz ruhig? Nicht wahr Marianne?

Marianne, Frau Rosa die Hand reichend:
Adieu, Mama.
Der Pastor:
Das wird sich ja alles wieder geben, Kinder! Adieu, Marianne. (Beide ab durch's Haus.)

Marianne

steigt langsam, vor sich hinbrütend, die Terrassenstufen empor; dann setzt sie sich auf einen der Terrassenstühle und ergreift in Gedanken eine von Rosa liegen gebliebene Handarbeit. Sie sieht oft auf. In dem Augenblicke, wo man im Park Schritte hört, vertieft sie sich eifriger hinein.

Fritz

erscheint mit dem Malkasten in der Hand, aus der Tiefe kommend, am Seitenflügel des Hauses entlang schreitend, im Begriff, in den mittleren Parkweg rechts umzubiegen. Er sieht Marianne und kommt auf sie zu:
Du hier? Marianne?

Marianne

blickt flüchtig auf, beugt sich dann, um ihre verweinten Augen zu verbergen, noch tiefer auf ihre Arbeit:
Ach Fritz! Du bist es! Ich dachte, es wäre Onkel Heinrich! (vorwurfsvoll) Du sollst doch malen! (halb bittend) Du wolltest doch heut morgen malen. (lebhaft) Geh, Fritz, Du mußt gehen! (eindringlich und liebevoll) Du darfst nicht hier bleiben!

Fritz:
Du schickst mich fort, Marianne? — Warum? — Was hast Du? Du hast geweint?

Marianne:
Es war blos so — nein! — Böse bin ich nicht! — Ich dachte nicht — ich dachte doch, Du würdest auf der Insel bleiben, bei dem schönen Sonnenschein!

Fritz:
Ich soll durchaus gehen! — Schön! (Nimmt die Miene an, als ob er gehen wollte).

Marianne:
Ach, Fritz! — blos weil — es war nichts! Mutter wollte nicht, daß ich bliebe. — Ich konnte nicht mit —

Fritz:

Nein, Marianne, vergiß doch nur die ganze Geschichte! Du darfst nicht traurig sein! Ich werd's auch noch ganz und gar, wenn Du nicht wieder heiter bist, wie sonst.

Marianne:

Ich — und heiter sein! — Wo soll das herkommen! — Ach Gott ja! — was soll ich erst mein Leid klagen? — Wir machen Dich auch noch ganz traurig — womöglich. — Ja — so thöricht bin ich nun! — Da lach' ich immer und lache! — und alle denken: wie der nur wohl ist! — Mancher lacht — und trägt doch ein Härmen innen.

Fritz:

Das weiß ich wohl, daß man so etwas nicht jedem zeigen mag. — Das wissen nur unsere Vertrautesten - höchstens. — Mir willst Du's verbergen, Marianne.

Marianne:

Wo die nur stecken: die Vertrautesten? — Wem darf ich denn kommen! — Nein, rede doch nicht so!

Fritz:

Doch, Marianne!

Marianne, plötzlich in Weinen ausbrechend:

Ach, Fritz, ich bin unglücklich! Mutter ist so kalt! — ich bin so arm!

Fritz, freundlich einredend:

Aber, Marianne, woher nur! nein!

Marianne, weinend:

Nun, weiß ich es — nun weiß ich es ganz genau, wie ferne sie mir steht. (Zornig) Du hast mich noch vollends verdrängt! denkst Du das merk' ich nicht! Du bist Schuld! — ja — Nun ist alles vorbei! — nun ist Glück — und Liebe — und alles vorbei!

Fritz, betroffen:

Marianne! — Nein! hör' mich einmal! — Aber

— ach — ich muß so wie so fort von hier! — weit weg!

Marianne:

Ich war so glücklich, gestern Abend, daß ein Gedanke von mir Dir auch gefiele! — Und dann kommt's so! — Ja — so mußte es ja kommen! — Das war mir ganz recht! — Ich war immer eitel! Sie haben mir's ja immer gesagt! — Und geachtet hat mich doch niemand! — Mutter nicht! — und — niemand achtet mich!

Fritz:

Aber Marianne! —

Marianne:

Ja — Du! Du kannst das garnicht verstehen. Du bist ein Künstler! Du kannst die Menschen bezaubern, daß sie Dich lieben müssen! — ich?

Fritz:

Ach, du liebe Zeit! — nun und Du? — da bin ich wirklich neugierig!

Marianne:

Ich kann Sie nur ärgern — daß sie mich hassen! — ich fühl's ja — ich hab's immer gefühlt, — die Gouvernanten haßten mich auch immer, (lächelnd unter Thränen) höchstens die alten Dorfhexen — die liebten mich, wenn ich ihnen abgelegte Kleider schenkte. Das — ja — das ist meine Kunst!

Fritz, ganz in ihren Anblick versunken:

Du Liebe!

Marianne:

Ich hab' oft gedacht, wie schön es wäre, tot zu sein! Dann lieben einen die Menschen wieder! — dann weinen sie so innig um einen. Da vergessen sie alle Fehler! Ja — ja — Du glaubst es wohl nicht? — dann lieben Sie sie noch, — womöglich. — Und Sehnsucht spinnt um und um; das ist wie Liebe!

Fritz, noch immer von ihrem Anblick gebannt:
Du Liebe! — Du Liebe!

Marianne, von neuem weinend:
Ach nein! Alles ist vorbei! alles! Ich hab' mir mein Leben bedacht — vorige Nacht. — Nein — Niemand hat mich — (sie zögert). Ich war immer unnütz. Mutter liebt mich nicht mehr.

Fritz, plötzlich wie aus einem Traum erwacht, mit innigem Gefühl, lebhaft:
Aber — ich! — ich! — ich! — ich muß Dich lieben! — ich kann Dich nicht lassen!

Marianne, scheu:
Ach geh, Fritz! — du willst mich verspotten! (sie blickt ihn einen Augenblick sinnend an, er nimmt hastig ihre Hand und küßt sie zweimal. Marianne plötzlich stürmisch aber gedämpft in ihn einredend.) Fritz! Du mußt mich lieb haben! Du mußt mich lieben! — Ach, (im höchsten Ueberschwang des Gefühls) es ist schrecklich! — Hast du mich lieb? Sag mir's! Sag mir's! — Willst du mich immer lieb haben? (Er küßt sie lang und stürmisch. Sie macht sich hastig los.) Um Gotteswillen! Fritz, gehe! Was wird Mutter sagen? Was sollen wir anfangen?

Fritz, ruhiger:
Anfangen? — Marrthlein! Nun — nun —

Marianne, bewegt:
Was wird Mutter sagen, wenn sie es erfährt? — Ach, ich that's ja damals nur aus Liebe zu ihr.

Fritz:
Wir müssen fort von hier!

Marianne, plötzlich wie benommen:
Ach — da werden sie mir meine schönen Kleider

nehmen! — da werd' ich wieder arm, wie ich war! — Ach, Fritz, (sich an ihn drängend) schütze mich! — schütze mich! — Wenn ich arm bin, dann wirst du mich nicht mehr lieben. Ach Fritz, schütze mich!

Fritz streichelt ihr Kopf und Haar:
Marrylein? Vor wem denn? Vor Mutter? — Sei doch gut! Marianne. Vor ihr brauch' ich Dich doch nicht zu schützen!

Marianne, innig, wie geistesabwesend:
Das ist Liebe! — Wirst du mich immer lieben? — so? (ängstlich) Ach, Fritz, schütze mich!

Fritz:
Einen Kampf wird's wohl geben. Darauf müssen wir schon gefaßt sein!

Marianne:
Wirst Du bei mir sein? Werden wir fortziehen? — Ich zog schon einmal hinaus; — wir thörichten Mädels! Hat Dir's Mutter nicht erzählt? — Ach, Fritz! — Wie oft hab' ich mich hinausgesehnt — ins Ungewisse! (heftig) O verlaß mich nicht! — Wir gehen zusammen! Ich will fest sein. — Ich will nach niemand fragen, als nur nach Dir.

Fritz, heiter:
Ihr seid geflüchtet —? von hier? im Ernst geflüchtet, Susi und Du?

Marianne:
Das war gar nicht zum lachen. Mutter war böse, — o so sehr! (in hastiger Erzählung vorgebracht) Ich hatte Susi vorgeredet, ich wüßte wo ein Land, wo man Feeen und Zwerge finden könnte — und die Feeen könnten einem wunderschöne Kleider geben mit Gold und Perlen — und die Zwerge bedienten einen und erzählten schöne Geschichten — und alle sängen so schön — jeder sänge so

schön — wer dorthin käme — weißt Du so eine ganz dumme Märchengeschichte — ich weiß gar nicht mehr, wie alles war. — Susi glaubt' es aber, weil ich's glaubte. — Da sind wir gewandert, und die zu hause haben uns gesucht — und wir waren ganz weit gelaufen — über die Felder — so querweg über Wiesen und Felder — und waren bis nach dem Gute gekommen — wie heißt's doch gleich? — Jesus! Jesus! — na — Von da holten sie uns am andern Tage heim. — Aber Mutter war böse — o sehr böse! — Ach Gott!

Fritz, belustigt:

Auch Dich hat's weggetrieben, Marrylein? — und Du dachtest es in der Welt zu finden? Ja?

Marianne:

Es war mir immer so, als ob ich noch irgendwo 'was finden müßte. — Wie wir so zogen und alles zurückwich — ich glaube — ich war nie so glücklich. Das mochte wohl sein, weil ich an das dachte, was ich finden würde.

Fritz:

Ach Du Liebe! Nun werden wir wieder hinaus ziehen! —

Marianne, verträumt lächelnd:

Solch' ein Glaube!

Fritz:

So geht's mir auch, Marrylein! Grade so! — so ziehen wir ja alle aus — auf Abenteuer — nach dem Wunder. Das ist ja wirklich auch das einzige im Leben, was noch glücklich macht.

Marianne, plötzlich ganz feierlich:

Komm Fritz! Leg' Deine Hand auf mein Haar und weihe mich! (wieder weich und ängstlich) Ach, Fritz! ich werde sterben müssen vor Glück! — Sie werden mich nicht laffen! — Sie werden mich halten! (verfonnen) Ach, die hohen Dinge! — überhaupt auch fo einfältig bin ich — und böfe, wie ein Teufel! Ich kann gewiß nie vorwärts kommen. Ach, Fritz, bift Du nicht nur ein Samariter? Kannft Du mich denn lieben?

Fritz:
Nun — nun — nun — nein! — ich liebe Dich ja gar nicht! — nur fo ein Bischen höchftens — aus — Mitleid — ja — aus Mitleid!

Marianne:
Ja — ja! —

Fritz:
Das glaubft Du wohl nicht einmal! Nun — da fagen wir, weil Du fo fchönes, rothes Haar haft!

Marianne:
Du willft mich ärgern!

Fritz, ausgelaffen:
Oder weil Du eine fo fromme Paftorsfrau —

Marianne, innig mit abwehrender Geberde:
Nein, Fritz! — Du! Du! — Das thut mir — das darfft Du nicht fagen! — nie! — Das bringt mich zum Gram.

Fritz:
Sei gut, Marrylein! — Ich könnt' ganz ausgelaffen fein — fag' ich Dir! Wie Du denkft und fprichft, das macht mich fo froh! — Alles liebe ich — Deine Augen — und Dein Haar. — Laß mich einmal drüber ftreichen! Laß mich Dich einmal anrühren! — Ach — die weichen, feinen Linien Deiner Hand! (Er betrachtet und ftreichelt ihre Hand.)

Marianne, verfonnen, hingegeben:
Wie felig! — Aber es ift doch fchrecklich undankbar von mir! Mutter war immer fo herzensgut! — Du bift blaß, Fritz!

Fritz:
Zu mir doch auch. Aber wollen wir deshalb nicht wahr und ehrlich bleiben?
Marianne!
Es wird ihr das Herz brechen, wenn sie es merkt!
Fritz!
Wer weiß? Sie muß es bald erfahren!
Marianne, lebhaft:
Heute sind doch auch Ansorge's da — den ganzen Tag! — Sie muß uns verabscheuen — mich und Dich! — Ach, Fritz! Du bist so klar und fest — und lebst ein ganz ander' Leben! — Ach, schütze mich! Verlaß mich nicht!
Fritz:
Ich? Dich? verlassen, Marrylein? — komm'! komm' auf die Insel! in den schönen Sonnenschein!
Marianne!
Ach Gott, Fritz! Was soll ich thun? Ich muß Dir folgen! Du ziehst mich mit Dir. Ach, noch einen Augenblick, bleibe!

Dritter Akt.

Arbeitszimmer der Frau Rosa ganz wie im ersten Act; nur die Glasthür geschlossen. Es ist Sonntag Abend, beginnende Dämmerung.

Frau Rosa sitzt am Flügel und spielt und singt:
"Harre meine Seele! Harre des Herrn! Alles Ihm befehle! Hilft Er doch so gern."

Der Pastor
ist unterdessen von links hereingetreten und lauschend in der Thür stehen geblieben.

Frau Rosa unterbricht ihr Spiel und erhebt sich:
Nun sind sie wieder fort!

Der Pastor, lebhaft:
Sie hätten beinah noch einen rechten Schreck gehabt beim Einsteigen. — Bruder Ansorge ist doch ein prächtiger Mensch? — Nicht?

Frau Rosa:
Die Pastorin ist ohnehin so ängstlich! — Ja! — Es geht ein rechter Segen von ihm aus. — Er weiß das Herz fest und warm anzurühren. — Er weiß zu trösten.

Der Pastor:
Nicht, Mama? er weiß sicher zu machen im Glauben.

Frau Rosa tritt an die Glasthür und schaut hinaus:
Wie herrlich es hätte sein können!

Der Pastor, eifrig:
I nun, Mama. Angenehm war's ja nicht, daß Marianne am Nachmittag so plötzlich weglief und gar nicht mehr wiederkam. — Aber sie klagt ja doch nur über Kopfweh. Ja — sie leidet manchmal an Kopfweh, das

weißt Du ja. — Das haben Ansorge's auch gar nicht
übel genommen.

Frau Rosa
noch immer am Fenster, ohne auf ihn recht zu hören:

Horch mal! — Geht nicht jemand im Garten? Heinrich
bleibt heute recht lange drüben bei Oberamtmanns.
— Ach ja! — Wie nun alles so kommt. — Fritz sah
recht blaß aus. Fandest Du nicht auch?

Der Pastor:

Fritz? — Mama, darauf hab' ich gar nicht geachtet.
— Ich war ganz versunken, Mama! — Diese herrlichen
Ansichten! — Ja — das sind doch noch Ansichten! Da
redet doch noch die Weisheit! Das sind doch noch ächte
Gottesfreunde! — Was ist dagegen so ein Gerede von
Fritz! Was will so etwas? Das hat weder Hand noch
Fuß! — Wirklich, Mamachen, dabei kommt Fritz schlecht
weg, wenn man ihn mit solchen vergleicht!

Frau Rosa, *in sich versunken:*

Ach ja! Pastor Ansorge hat auch mich wieder aufgerichtet. Ich bin wieder fest geworden unter seinen
Tröstungen! Nun will ich auch fest bleiben und nicht
wanken! *(bekümmert)* Es hätten so schöne Stunden sein
können! — Heut morgen — als ich auf meinem alten
Platz in der Kirche saß, wo Walter einst neben mir
betete, — ach — er war mir wieder nahe — ganz nahe!
Sein Hauch streifte mich fast! „Ist Dir nicht wohl hier,
Muttel?" — Ja — ich weiß, daß er lebt und nicht tot
ist. Ich will festhalten an diesem Trost, bis es zu Ende
ist: das arme, einsame Leben!

Der Pastor:

Aber sag' mir nur, Mama! Warum redest Du nur
auf einmal so traurig?

Frau Rosa setzt sich in ihren Arbeitsstuhl:

Fritz ist doch ein anderer geworden! — Ich weiß gar nicht! — Schon wie wir aus der Kirche heimkamen — mit Ansorge's. — Er sieht so blaß und durchwühlt aus. — Wie er nur war! — Wie er nur plötzlich stumm und hart war — und verschlossen. Pastor Ansorge fiel es auch auf. — Ach, Emil! — Ach! Ach! — Ich muß mich aufrichten an diesem Trost! D e r Trost ist mir gewiß. — Fritz brachte doch eine unbekannte Seele in's Haus. — (plötzlich aufgeregt) Emil, ich habe solche Sorge. Er ist plötzlich so verwandelt. Er trägt etwas in sich — gegen mich! Was hat er?

Der Pastor:

Nein, Mama! Was soll er nur haben? Freilich ist er ein anderer geworden, als Du ihn erwartetest! — und Segen hat er nicht hereingebracht in's Haus —; das könnte man nicht grade sagen; Unruhe und Streit höchstens. — Aber sonst! Was soll er nur haben? Was soll er nur Besonderes haben? — (In ganz gleichgültigem Tone) Ich muß übrigens noch eine Weile nach oben. Zum Thee läßt Du mich wohl rufen. (will gehen.)

Frau Rosa ist während dessen wieder aufgestanden und an die Thür getreten:

Eine weiche Sommernacht! — Es ist recht spät geworden — heut!

Der Pastor:

Ja — eben — (ab nach links.)

Frau Rosa geht auf und ab, zündet eine Lampe auf ihrem Schreibtisch an. Dann geht sie an die Terassenthür und öffnet beide Flügel:

Du bist es?

Fritz tritt ins Zimmer von der Terasse aus:

Ja, Tante Rosa.

Frau Rosa setzt sich aufs Sopha:

Fritzel? — Du bist plötzlich so unnahbar! Nein, sag' mir nur, Junge! Du erschrickst mich ordentlich!

Fritz, unsicher:

Ach, gute Tante —

Frau Rosa, freundlich in ihn einredend:

Nein, so kenn' ich Dich gar nicht! Du hast plötzlich einen fremden, unheimlichen Gast in's Haus geführt, der uns peinigt und verwirrt. — Deine Anschauungen —

Fritz, ungeduldig:

Ach, Tante Rosa! — Es ist eine schwere Stunde für mich. — Meine Anschauungen — ach lassen wir doch die! — Ich will klar und offen zu dir reden.

Frau Rosa,
ohne recht zu hören, in einer gewissen Unbefangenheit:

Ja — Deine Anschauungen die sind doch so frei! — Ach, sag' nur um Gotteswillen nicht noch solche Sachen Marianne. — Nein, für Marianne ist das gar nichts. — O Gott, Fritz, Du weißt nicht Du bringst sie noch ganz vom rechten Wege ab.

Fritz, in verlegener Abwehr:

Tante Rosa; ich weiß nicht, wie ich Dir schnell — Gott! — das! — ich will Dir —

Frau Rosa, ängstlicher:

Du verschließt etwas in Dir! — Fühlst Du Dich mir nicht mehr nahe, wie früher? Hast Du mich nicht mehr lieb? Sag' es mir! daß wir wieder klar werden! daß wir der Unruhe und des Unfriedens Herr werden!

Fritz,
zuerst peinlich verwirrt, im weiteren Verlaufe wieder ruhiger, dann fest:

Ach, Tantchen! — Nein! — Ruhe und Frieden! Wie gerne! — Wie gerne gäb' ich Dir Ruhe und Frieden

wieder! — Wenn es nur in meiner Macht läge! — Wie
soll ich's thun? Es wird Dich erschrecken, was ich Dir
vertrauen will. — Aber als Feigling bin ich nicht ge-
boren, das weißt Du selbst. Ich will Dir also alles
sagen, obgleich es Dich erschrecken muß.

   Frau Rosa, hastig und heftig:

So erschrick mich! Sag' es! Schone mich nicht! Das
Leben hat mich tausendmal erschrocken bis in's innerste
Mark — und hat mich nie geschont! — Sag' mir,
daß Du ein anderer geworden bist; daß Du den Weg
der Welt gewandelt bist; daß Du ein Fremdling geworden
bist — in meinem Hause! Daß Du uns nicht mehr ver-
stehst! Sag' es klar, daß Du mich verlassen hast in Deinen
Gedanken! Daß Du Glauben und Hoffen nicht mehr mit
uns theilen kannst! Daß Du dein Leben lebst und an
uns nicht mehr denkst. Dir kann es ja gleich sein, ob mein
Leben hoffnungslos zerbricht — oder der Kummer meine
Seele vollends verdorrt. Ach, Fritz Sprich! Sprich! Sprich!

   Fritz, ruhig und eindringlich:

Du machst es mir wirklich schwer, Tante Rosa. —
Ich möchte von Marianne und mir —

   Frau Rosa,
ihm ängstlich und jammernd ins Wort fallend:

Ich weiß ja gar nicht mehr, woran ich bin! — Es
ist mir ja bis jetzt gar nicht so klar gewesen! Ich habe
Dir ja so herzlich vertraut! Ich bin ja ahnungslos! —
Ach, Fritz! Du verdirbst Marianne mit Deiner Freiheit!
Ich habe sie bewahren wollen vor den großen Enttäuschungen
des Lebens! Man darf sich von den wilden, begehrlichen
Träumen der Jugend nicht täuschen lassen, die uns das
Sicherste und Beste rauben. Ach, Fritz! Habe Barm-
herzigkeit mit uns! Zerstöre nicht, was ich mühsam in
ihr pflegte und pflanzte! Zerstöre nicht den guten Keim,

der noch schwach genug ist in ihr! — Wenn Du ein
Frembling geworden bist unter uns; thue mir nur
die eine Liebe! laß sie! Laß Mariannen an meiner
Seite! — Sie wird es mir danken im Leben! Sie wird
fromm und sanft werden, wie ich geworden bin! — wie
sie mich gemacht haben! Sie wird auch einmal mit heißer
Inbrunst auf den Himmel passen — wie ich.

     Fritz, fest:

Tante Rosa! — meinst Du, sie solle auch ihr Leben
vertrauern, wie Du!? — Nein, Tante — ach —
wenn ich es Dir doch nie sagen müßte! — Du treibst
da ein grausames Spiel mit einem fremden Leben!
Hüte Dich, daß Marianne Dir nicht einmal fluche! —
Nein, nein, Tante Rosa. Nimmermehr! — Da bin ich
noch da — Deine wiedergeborne Jugend! — Ich bin
voll Muth und Liebe, wie Du früher. — Ich liebe
Marianne — und ich will sie schützen. — Ich will ihr
geben, wonach sie es umtrieb in ihrer Unruhe. Ja —
nun weißt Du es, Tante Rosa. Ich liebe Marianne.
Das war es, was mich scheu machte vor Dir — heut —
so lange ich es Dir nicht sagen konnte. — Heute morgen
ist es unversehens über uns gekommen, daß wir uns
lieben — ja — ach Tante —

     Frau Rosa,
  plötzlich erschrocken vor sich hinstarrend:

Nun bricht er doch herein: der wilde, unbändige
Lebensdrang, vor dem ich uns sicher wähnte! — Ach! —
und mein eigen' Fleisch und Blut trägt ihn über meine
Schwelle! (In Fritz plötzlich hineinflehend) Nein, nein, Fritz!
Das kann ja nicht sein! Marianne! — das keusche —
das scheue, reine Kind! — mein Kind! Nein, Fritz! sag'
es mir, daß Du mich versuchen willst, daß Du spaßest!

daß Du unwahr redeſt! O ſag' es, daß Marianne geblieben iſt, was ſie war! — mir und ihm!

Fritz, feſt:

Ich bitte Dich um alles in der Welt, Tante! Von Spaß und Verſuchung kann da gar keine Rede ſein.

Frau Roſa, in heftiges Weinen ausbrechend:

O hätt' ich doch eher gewußt, wo Du hinaus wollteſt! Hätt' ich doch eher geſehen, daß Du als Verführer in's Haus zurückgekehrt biſt! Der Paſtor hat mich immer gewarnt. — Es iſt ja fürchterlich. O, es iſt ja entſetzlich!

Der Paſtor,
vom Weinen der Frau Roſa angelockt, eilt von links haſtig
in's Zimmer:

Was iſt? Was giebts? Was iſt Dir denn Mama?

Frau Roſa, immer noch weinend:

Ach, Emil! Das war es, was ich nie ſehen wollte! Es iſt ja entſetzlich! Ich hab es Dir ja nie glauben wollen! — Mein Kind! — Er iſt herein gekommen — und — und ſie iſt doch in ſeine Netze gegangen. — Ach, Fritz! daß Du mir das anthun konnteſt!

Der Paſtor, tief erſchrocken, ſchreit:

Mama! — Was ſprichſt Du da, Mama? (leidend) Um Gotteswillen! Was ſprichſt Du da?

Fritz, in ſchwankender Pein:

Vorerſt — ich bitte Sie — beruhigen Sie Sich, Herr Paſtor!

Frau Roſa, klagend:

Ach Emil! Mein Kind! Mein Kind! Marianne —!

Der Paſtor, benommen:

Ich verſtehe nicht! — Beruhigen? Wie beruhigen? — Mama, um Gotteswillen — ſo rede doch! rede!

Frau Rosa, vor sich hinstarrend:

Ehebruch!

Der Pastor, in Thränen ausbrechend:

Mama! (sich aufraffend) Nein! Nein! Das kann ja nicht sein!

Frau Rosa, klagend:

Daß Marianne sich so vergessen konnte! Ich entsetze mich vor ihr!

Fritz, sehr ruhig:

Und vor einem zerbrochenen, fruchtlosen Leben entsetzest Du Dich nicht?!

Der Pastor, plötzlich äußerst heftig:

Das wagst Du — das wagen Sie Mama in's Gesicht zu sagen! — Sie, der Sie ihr soviel Dankbarkeit schuldig wären! — Ach — es ist ja entsetzlich! Die Frau eines Geistlichen — und einer frommen Mutter Kind!

Frau Rosa, entrüstet klagend:

Das ist nicht mein Kind! Das kann nicht mein Kind sein!

Der Pastor, sinnend:

Und da sollte sich Marianne wirklich — nein! nein! Mama. Das kann ja nicht sein! — Das glaub' ich nimmermehr! — Ich kann's nicht ertragen — den Gedanken! Sie lügen, Herr —

Fritz, sehr ruhig:

Herr Pastor! Um alles in der Welt! mäßigen Sie Sich! — Kommen Sie zur Besinnung! — Du weißt, Tante Rosa, wie es gemeint ist, wenn ich Verzeihung für Marianne —

Der Pastor fällt ihm zornig in's Wort:

Was reden Sie von Verzeihung? Wer beruft Sie so für Marianne zu reden? — Sie lügen! Umgarnt

haben Sie Marianne! O Mama! Nein! nein! Glaub'
es ihm nicht. Excentrisch ist sie gewesen; — aber sie
war keusch und züchtig! — Siehst Du! der Geist der
großen Welt! — Das sind die Zerwürfnisse! Ach, Mama!
— Umgarnt hat er Marianne mit teuflischen Ränken.
Sie Verworfener!

Marianne,

ist im Park spaziert und hat sich in Folge des Lärm's dem Zimmer über
die Terrasse genähert und einen Augenblick ungesehen in der Thür ge=
standen; nun tritt sie vor:

Du sollst mich umgarnt haben, Fritz?

Frau Rosa und der Pastor sind von der Plötzlichkeit
und Sicherheit von Mariannen's Auftreten einen Augenblick betroffen.

Frau Rosa:

Ist es denn möglich, Marianne?

Marianne, fest:

Ja, Mutter!

Der Pastor:

Du hast den Weg der Zucht und Sitte verlassen?

Marianne:

Nenn' es so, wenn Du willst.

Frau Rosa:

Marianne! Marianne! — Er hat die Sünde in
Dein weiches Gemüth getragen! O kehre um! komm',
ehe es zu spät ist! O komm' in unsern Schutz!

Der Pastor:

Du! Marianne! Das ist ja eine grenzenlose Ver=
irrung! — Ach! O! — Was ist da zu thun? Du hast
Dich umgarnen lassen!

Marianne:

Emil, was sagst Du nur da? Glaub' doch das ja
nicht! Fritz mich umgarnen! — Nein! Nein! Treuen
Glauben hat er mir geschenkt, darnach ich mich so sehnte

— unter Euch! Keine Umkehr, Mutter! — Da giebts keine Umkehr. Keine Verirrung! — Es ist da auch nichts zu thun weiter! — Ich wußte, was ich that.

Der Pastor:

Ach, Marianne! mir steht das Herz still! Du hast die Ehe gebrochen!

Marianne, entschlossen abwehrend:

Emil! (sinnend) Vielleicht! — (sicher) Nun wenigstens will ich sie brechen. Oder meinst Du, daß ich noch ferner mit Dir vereint leben könnte? Ach, Mutter! Laß Dich erweichen! Gieb mich frei! Gieb mich dem Leben wieder, daß ich noch einmal froh beginnen kann!

Frau Rosa, ganz erschrocken:

Marianne? Wie bist Du geworden? Was ist mit Dir vorgegangen? Du? (weichmüthig flehend) Du willst mich — verlassen? Ach, Marianne, bleibe bei mir! Verlaß mich nicht! Ich bin einsam. Niemand Verwandtes hat mir wohlgethan. — Nur Du wurdest mir noch gegeben. — Du bist meinem Herzen nahe. — Auf Dich setzte ich mein Vertrauen. — Marianne, laß mich den Kummer nicht noch erfahren! Ach, bleibe bei mir, wenn ich nun alt werde! wie Walter bei mir wäre und mich lieben und schützen würde. — Willst Du meine Liebe mit Füßen treten? — Ach, auch Du willst mich verlassen?!

Marianne,
plötzlich ganz weich, vor der im Arbeitsstuhl sitzenden Mutter hinknieend und ihr die Hände küssend:

Ach, Mama! — Mutter! Wie hab' ich mich nach Dir gesehnt! — Fritz! Ich soll Mutter verlassen! Sie liebt mich! Soll ich von ihr? Das Herz bricht mir, Fritz! Wir wollen Dich ja nicht verlassen, Mutter! — Fritz hat Dich ja immer vergöttert, Mütterlein! Du bist ihm ja auch das Liebste gewesen auf der Welt! — Glaub' ihm doch! Glaub' uns doch! — Er hat mich auch nicht umgarnt. Ich liebe ihn und kann ihn nicht lassen. Wir wollen auch immer bei Dir sein. Oeffne uns doch wieder Dein Herz! Gieb mich frei, Mutter!

Der Pastor, rathlos:

Ach, Mama, was ist über uns hereingebrochen!

Frau Rosa,
ihre Hand auf Mariannen's Kopf, vor sich hinstarrend:

Meinst Du, ich solle Eure Freiheit mit meinen Sünden erkaufen? Denkt Ihr, ich werde den Ehebruch weihen und mich mit Euch gegen den Himmel verbinden?

Fritz:

Wir sind jung, Tante Rosa. Nach Heiligkeit suchen wir nicht — nur nach Liebe und Kraftentfaltung und Freiheit. Wir können uns nicht nach dem Himmel sehnen. Wir möchten uns hier auf Erden mühen und freuen — und kämpfen, wo es noth thut.

Marianne, eindringlich und innig:

Ja, Fritz! Ach, Mutter, wenn Du wüßtest, wie froh es noch macht vorwärts zu sehen — und wieder zu hoffen!

Frau Rosa, versonnen und hingerissen:

So lehrt mich noch einmal jung zu sein! Zeigt mir noch ein Glück hier auf Erden, das dem gleich käme, was mich da oben erwartet. — O lehrt mich noch einmal thätig sein in dem goldenen Scheine eines irdischen Liebeswahnes! Ihr wißt nicht, wie er lieblich war! und Gott raubte ihn mir vom Herzen! Jung mußte sein lieblicher Leib unter die Erde kommen, um mich für immer an den Himmel zu ketten! — um mich auf Trauer, Einsamkeit und Sehnsucht hier unter zu verpflichten! — Ach, meine Seele sehnt sich nach dem, was ihr alles war. Hienieden ist es aus mit meinen Wünschen! Hier ist nichts mehr für mich zu erreichen! — Marianne, lade nicht die

Schuld auf Dein Gewissen! Bleibe bei mir! — Laß Dich nicht von meiner Seite reißen! Verlaß Du mich nicht auch!

Marianne erhebt sich, schüchtern:
Mutter, ich kann Dein Schicksal doch nicht theilen. — Von meinen jungen Bäumchen draußen will doch auch ein jedes seine eigene Krone treiben und tastet nach seinem eigenen, schönsten Sonnenstrahl. — Ach, Mütterlein, keine Schuld! — Du kannst es mir glauben!

Frau Rosa, schmerzvoll:
Keine Schuld? — Marianne, Du preist das Leben? — Leben macht schuldig. O fliehe es! (klagend) Ach — und seine Gaben vergehen, ehe Du sie recht genossen hast; — und Du wirst einsamer sein, wie vorher!

Marianne, erschrocken und in sich gekehrt:
Ja — es wird auch einmal ein Traum gewesen sein! — Ach Fritz, Du wirst bei mir sein! Nicht wahr? — Wir wollen den wonnevollen Sinn der Liebe festhalten, Mutter. Wir wollen Dich damit umgeben. Du sollst in unserer Liebe geborgen sein! — Muß denn das alles vergehen — im Leben? — Wenn ich dann wieder einmal allein wäre! Ach, Mutter! gieb mir meine Jugend wieder! Mache mich frei, wie ich war! Laß mich meinen eignen Weg suchen und finden!

Der Pastor:
Hörst Du, Mama! Das ist der unheimliche Schrei nach der Lust des Lebens! Das ist das wilde Evangelium der sündigen Welt, das Fritz hereingetragen! Das ist die Teufelslehre, die nun umgeht und die Herzen verkehrt! — Ach, Marianne! Marianne! Du gehst den Weg zur Hölle und zum seelischen Verderben! — Höre uns! Höre uns! — Bleibe bei uns! Sage Dich los von den sündigen Lehren des Lebens!

Marianne,

Ach, Emil!

Frau Rosa, in sich versunken, streng:

So ist denn alles umsonst! Findet nichts mehr Gnade vor Deinen Augen, als das irdische Leben?

Marianne:

Ach, Fritz! — Was sollen wir thun — Mutter —

Frau Rosa:

Alt bin ich geworden! — Ja — das ist unser Loos! — Kinder, Kinder! O hättet Ihr mir das nie angethan! — Alt müssen wir werden — alt und einsam! daß uns die Jugend nicht mehr versteht — und wir nicht sie! daß die Fäden, mit denen uns die Welt hält, dünner und dünner werden — und allmählig einer nach dem andern absterben — wie die Fäden zwischen Stamm und Blätter — und sie beim leisen Winde sanft herabfallen! — O geht! geht! — Die Zeit ist da! — Ich kann Euch nicht mehr halten! — Geht in's ungewisse, drohende Leben! — Geht, laßt mich allein! Ich habe mit irdischen Wünschen nichts mehr zu schaffen! Nichts mehr mit der Erde und ihren Freuden! — (mit Kraft) Ich hatte auch einmal ein frohes Lachen — an heiteren Tagen — wie Ihr! — (hart) Aber damals waren Vater und Mutterwünsche noch heilig! Der Jugend von heut ist nichts mehr heilig. Die rafft und begehrt — und begehrt und rafft — und läßt sich nicht schrecken durch Pflicht oder Liebe. Aber nein, nein! Meine Seele wird auch nicht verdorren! — nein, da irrt Ihr — Ich hasse die Welt! weil ich Flugkraft habe hinaus! — hinein in die abgrundtiefen Räume des ewigen Lichtes! — Empor zu dem, was da oben steht — so fest — und gewiß, — und groß und selig! — Ihr wollt, daß ich Eure Sünde weihe! Ihr wollt mich herabziehen! Ihr wollt mich halten? — Hier? — Ich will mich mit der Freude des Himmels erfüllen, die derer wartet, die geduldig harren. — Geht! Verlaßt mich! Ihr könnt mich nicht verstehen! Nein, nein! — Wenn Du mein Kind wäreſt, würdeſt Du an meiner Seite ſtehen. Du warſt nie mein Kind! Mit Eurer Sehnſucht habe ich nichts mehr zu ſchaffen!

Der Paſtor:
Mama! Halte ſie! Ach Du verſtößt ſie! Beſchwöre ſie! Marianne, höre uns! O höre uns!

Marianne:
Mutter! — Fritz! ich — was ſoll ich thun? Ich kann nicht anders! Was können wir thun?

Fritz, unſchlüſſig:
Tante Roſa —

Marianne:
Ach Mutter! ich bin von unerprobter Kraft! Das Herz will mir brechen! Nimm Deine Liebe nicht von uns!

Der Paſtor:
Und Du willſt dieſe Schmach über uns bringen? Du willſt ihm nachlaufen! Der Dich zu dieſer Schande getrieben hat? der Dir die Sünde gelehrt hat? — Ach, Mutter! Beſchwöre ſie! Marianne, das iſt ja eine Schande! eine bittere Schande! die Du über uns bringſt. Kehre um! Ach komm' zur Beſinnung! Kehre um! Laß Dich beſtürmen von unſerer Herzensangſt!

Frau Roſa, hart:
Was vermeßt Ihr Euch? Ich ſollte ſie lieben und nicht ihn? Ihr dachtet, Ihr könntet meinem Herzen näher kommen, als er mir war? — Geht! Lebt! — Ich habe mehr verloren. Ich habe es ertragen müſſen. Ich habe

meines Lebens und Leibes Frucht verloren! Aber sie ist mir dort oben aufbewahrt! Mit Euch soll ich mich gegen den Himmel verbinden? — Ich fluche Euch und Eurem irdischen Trachten! Ich habe nur noch eine Heimath — da oben.

Marianne:

Fritz! Sag' ihr! Rede! Rede doch zu ihr! Erweiche sie! — Sie hört nicht! — Sie will uns nicht mehr hören! — Mutter, fluche uns nicht! — Du hast mich zu Dir genommen. — Hab' Dank, Mutter! — Deine Hoffnungen und Sehnsuchten! — ja — Du wolltest sie nie mit den meinen verbinden — mit Kinderträumen! — Da war ich doch heimatlos — in Deiner treuen Hut. Nun! — ich hab' ja zum ersten Mal von einer irdischen Heimath gehört! — Ach, Mütterlein! wenn Du noch wüßtest, was das heißt! — Fritz liebt mich, und ich darf an seiner Seite stehen! Ach — ich kann ihn nicht lassen! — Rosen duften wieder am Wege, wie mir's träumte! — Es lockt, Mutter. Keine Umkehr! — Sollen wir ohne Deine Liebe ziehen? — Fluche uns nicht, Mutter! — O wäre nicht der Gram um Dich! — (schüchtern) Wir möchten — muthig hinaus — ins Leben! — Fritz! (Sie nimmt seine Hand.)

Fritz!
Nach einer eigenen Heimath, Tante Rosa.

Marianne
fällt vor der Mutter nieder und küßt ihr Kleid, fest und tief bewegt:
Mutter!

Frau Rosa, hart und unerschütterlich:
Stehe auf! Ich habe nichts mehr mit Euch zu schaffen.

Fritz zieht Marianne mit sich:
Lebt wohl!

Marianne
schaut sich sehnend noch immer um, umfaßt mit ihrem Blick alles, wartet noch einen Augenblick und tritt dann an Fritzens Hand in die Nacht hinaus.

Der Pastor in verzweifelter Verwirrung:
Ach, sie verläßt uns! — Wir verstanden sie nicht. — Mutter, halte sie! Halte sie, Mama! Wir müssen sie halten! (Er will ihr nacheilen).

Frau Rosa hoch aufgerichtet:
Emil, Du willst sie noch halten?

Der Pastor,
von der Frage wie gebannt, aufschluchzend:
Mama!
In diesem Augenblick hört man im Nebenzimmer links

Onkel Heinrich:
Hier ist schon alles dunkel? (hereintretend) Guten Abend. Nun — (sich erstaunt umblickend) was ist denn nur los? —

Der Pastor
eilt sprachlos an ihm vorüber zur Thür hinaus.

Onkel Heinrich:
Ja, — wo sind denn die Kinder? Wo ist denn Marianne?

Frau Rosa
geht zu Heinrich und fällt ihm weinend um den Hals:
Marianne hat mich verlassen.

Onkel Heinrich, unschlüssig lachend:
Warum nicht gar, Rosa!

Frau Rosa
macht sich von ihm los und sinkt weinend in ihren Arbeitsstuhl zurück.

Onkel Heinrich, sie nun ängstlich bestürmend:
Ja, aber — Rosa — Was denn? was denn nur? Gott! daß ich auch grade da drüben sein mußte! — Wo sind sie denn? wo denn?

Frau Rosa nickt mit dem Kopfe:
Ja, Heinrich, verlassen ihn und mich.

Onkel Heinrich:
Rosa, Rosa! — Ja — die unselige Stunde — damals! (hastig und im Begriff durch die Terrassenthür hinaus zu eilen) Ich will sie holen. Ich will sie zurückbringen. Sage mir nur! — Soll es denn ganz einsam werden hier?!

Frau Rosa,
die unterdeß auf ihres Walters Bild starrt:
Ach, Heinrich, Ruhe — und Stille! immer! immer! — und nur noch sein Geist überall um mich.